붉은 달이 매달린

달아실한국소설
24

이경아
소설집

붉은 달이
매달린

추천의 글

삶과 죽음의 변주
이경아의 첫 소설집에 붙여

이동희 (소설가)

이경아의 첫 소설 「붉은 달이 매달린 집」을 대한 것은 3년 전이었다. 계간 『농민문학』에 투고한 작품을 이명재 평론가와 같이 심사할 때였다.
신선하다고 할까 좀 낯선 구성 문맥이어서 얼른 찬사가 나오지 않았다. 전경화되어 있는 영상들이 관념적이었다.
오랜 과거에 왕이었던 1인칭 화자가 현대사회의 자연인으로 환생하여 의식의 시공을 넘나드는 삶의 모습, 부모의 사랑 속에서 라이벌 관계였던 형제의 미묘한 연관성, 동생이 외무고시에 합격한 후 미국 유학 중에 교통사고로 사망하자 동생의 약혼녀에게 청혼해서 살고, 부모로부터 받은 돈을 지니고 시골의 손님 없는 카페에서 세월을 보내는 부부의 삶들이 접합된다.
서두 부분의 시계탑으로 상징된 절대적 지배자인 신에 다가가기 위해서 그 한정적인 시간을 영속시키는 사랑을 이루어야 한다는 명제에다 이 시간의 한정성을 극복할 영원한 사랑, 구도의 길에 나선 작가의 분신으로 역할하는 주인공의 욕망이 냉소적인 삶의 의미를 던져주고 있다.
이 작품으로 책을 낸다고 하여 상기해 본다.
데뷔한 후 발표한 작품들을 모으고 미발표작 「정령들의 춤」, 「봄날」을 넣어 출판하겠다고 한다. 발표한 작품들의 제목을 바꾸기도 하고 다시 고쳐 쓰기도 하였다. 이경아는 주로 『농민문학』에 발표하였는데, 여담으로 농민문학은 밭 갈고 논매는 얘기를 쓰지는 않는다. 그렇다고 트랙터나 콤바인, 스마트팜 얘기를 쓴다는 것도 아니다. 아침에 눈을 뜨면서부터 저녁에 잘 때까지 먹고 마시고 숨쉬는 것이 다 농촌 농민과 자연과 연관된다. 그러나 농민문학은 그런 제재에만 매달리지 않는다.

흙내가 나는 작품을 지향하고 가장 한국적인 문학이 세계문학이 된다는 신념을 갖고 있다. 어떤 연유인지 작가는 귀촌하여 살고 있다고 하는데 기차를 타고 도심을 벗어나면 산과 들 강과 바다로 이어진다. 가지가 벋었다.

이경아의 작품들은 도시와 농촌 현재와 과거가 교차하고 있다. 「바닷가에서 천천히」(「아주 천천히 떠오른」 개제)는 친구와 얘기를 하면서 화자(나)의 죽음에 대한 얘기를 하고 있다. 낮잠을 자다가 꿈에서 졸업식에 와서 꽃을 사러 간 아버지를 보았는데 그 시간에 아버지는 병원에서 돌아가셨다. 그리고 시베리아 횡단열차를 타고 가다가 잠시 눈을 붙이는 순간 이혼한 뒤에 아이를 데리고 간 남편이 보였고 귀국한 뒤에 아이가 죽었다. 그리고 시모노세키에서 부산으로 오는 동안 눈을 감았던 사이 아버지를 보았고 한 시인이 죽었다는 사실을 알게 된다. 이러한 죽음의 두려움을 「남한강」의 시인을 통해 상상한 행인(나룻배와 행인) 얘기를 하면서 벗어나게 된다.

「남한강」의 시인은 신경림을 말하는 것 같다. 신경림을 연구하여(『신경림 시의 연희성 연구』) 출간하기도 했는데 주제화를 위하여 만해, 이육사, 김춘수의 시 등을 동원하고 있다. 작가는 친구와 인용된 작가의 작품을 통해 기다림과 행인에 대해 얘기하고 있는데 이는 죽음에 대한 해석이다.

이경아의 소설은 때묻지 않고 실험성이 강하다. 어법도 매양 전통적이지 않고, 정교하지 않은 것인지 비문인지 분간이 안 간다. 경계를 해야 할지 칭찬을 해야 할지 감이 잡히지 않는다. 자주 시적인 문장 또는 시를 투입시키기도 하는데 그것이 문맥을 형성하는 데에 문제가 없는 것이며 그 자체가 하나의 낯선 문맥인지 그래서 참신한 것인지 어쩐지에 대해서는 부단한 실험과 확인이 필요하다고 하겠다.

두 번째 작품집에서는 다른 모습이기를 기대하며 덧붙인다. 언제 어디로 나왔는지 누구와 어울리는지는 중요하지 않다. 무엇을 어떻게 쓰느냐 왜 쓰느냐 새벽마다 준엄하게 되물어 볼 일이다.

그것이 농민일 수도 있고 민족일 수도 있고 무엇이 되었든 역사 앞에서 부끄럽지 않게 살고자 하는 몸부림이다. 그 보고서이다. 불꽃이 튀어야 한다. 창작은 모든 전작前作의 부정不定이다.

문학의 정상에서 만나기를 바라며…….

| 차례 |

004　추천의 글 _ 삶과 죽음의 변주 · 이동희

009　늑대가 왔다
033　먼 훗날
069　정령들의 춤
101　붉은 달이 매달린
127　눈이 온다
149　바닷가에서 천천히
175　봄날

198　해설 _ 욕망과 죽음, 그리고 탈경계적 상상력 · 오민석

늑대가 왔다

물어 죽여, 그래도 돼. 그는 너보다 힘이 세고. 너를 죽이고 있어.

내 귀에 울린 소리에 소스라치게 깨어 일어났다.
게르에 가까이 다가온 말도 늑대를 보았는지 눈동자가 흔들리고 있었다.
저 멀리 지평선 너머로 사라진 늑대를 보았다.

아람의 남편은 이젠 염색을 하지 않는다. 여권 갱신을 하러 가서 찍은 사진의 얼굴은 동그랗고 갱신 전 사진은 길쭉하다. 같은 사람이라는 것에 대해 스스로 낯설다. 그는 전처와 사별했고 투병의 고통을 이 년 정도 함께했기에 죽음과 질병에 대해서 무덤덤하다. 독거노인이 되지는 말자던 아람의 말에 무척 공감한바 재혼했다.

아람은 전남편과 이혼했고 아이와 이별했다. 모르는 사람들이 "자녀분들은 어떻게 되세요?" 하고 물으면 아람은 이렇게 대답한다. "좀 멀리 살아요." 사람들을 편하게 해주는 게 나쁜 것 같지는 않다. 그리고 멀고도 가까운 곳이 아람의 가슴 속 아니겠는가.

일종의 무력증이 스며들 무렵 몽골 여행을 하게 되었다. 너른 초원과 사막이 모두 집이 되는 유목민의 삶에서 무언가 다시 만나리라는 기대가 생겼다. 사람들은 몽골 여행에서 별을 보고 싶어 했지만, 아람은 요즘은 사라져서 잘 보이지 않는다는 늑대를 만나고 싶었다. 늑대는 작은 동물이나 병든 동물을 먹어 치우기 때문에 몽골인은 늑대를 잡지 않는다고 한다. 비행기를 타고 보니 벌써 알 수 없는 내음이 느껴졌다. 딱히 설명하긴 어렵지만 한국에서 맡아본 냄새는 아니었다. 몽골을 다녀온 사람들, 몽골인들이 사용한 이곳부터가 몽골의 시작인가 싶어서 그 냄새를 피하려 하지 않았다. 알게 되겠지, 그런 마음이 들었다. 몽골 도착 시각이 얼마 남지 않아 창밖을 내다보니 상공이 심상치 않았다. 어두운 하늘에 계속 벼락이 치고 있었다. 아람은 구름 사이로 벼락 치는 풍경을 가슴에 담았다. 몽골의 별만큼 기이하고 소중했다. 그러면서도 이제 우리 여행에서 별을 보지 못할 거구나, 그러면 이 여행에 별이 아닌 다른 것을 보겠다고 생각했다.

  초원에서 잠들겠다던 바람과 달리 편안한 숙소로 만든 게르에서 하룻밤이 시작되었다. 사람들은 역시 별을 못 보는 것을 아쉬워했다. 그래서 새벽 넘어 무려 두서너 시까지 밖에 모여 옹기종기 술도 마시고 노래까지 해가면서 밤을 지새웠다. 그렇지만 아람은 눈을 감고 일찌감치 누워버렸다. 잠이 들지는 않았다. 오히려 귀를 세우고 있었다. 환경이 달라진 곳에 와서 안도하는 것은 평소에 듣던 소리가 들리지 않아서였다. 정적을 듣고 싶었으나 여의찮았다. 그래도 사람들의 수다 속에서도 정적을 들으려 했다. 정적이 품고 있을 화음과 멜로디를 들으려 했다. 집중을 위해서 눈을 감고 귀를 열었다. 옆의 남편은 코를 골았다.

아예 별 볼 생각도 없구나! 우리는….

사막을 보고 싶었다. 아무래도 이번 패키지여행은 사막을 보여 줄 것 같지는 않았다. 국립공원 안에서 양고기를 먹고 술에 취해 버스에 실려 다니다 돌아갈 것 같았다. 받아들였다. 그러나 고요하지 않은 상황은 맘에 들지 않았다.

다음 날 아람 부부는 초원을 걸었고 제주의 오름과 비슷한 높이의 언덕을 걸어 올랐다. 말 공연을 보는 등 나름 빡빡한 일정이어서 피곤했다. 첫날에 이어서 역시 저녁으로 양고기가 나왔다. 한두 점 먹으니 더 먹기가 힘들었다. 방에 와서 컵라면과 몽골 늑대의 얼굴이 그려진 몽골 보드카를 먹었다.

두 사람은 칭기즈칸에 관한 말 공연을 본 소감을 서로 말했다. 남편은 우정이란 것은 없다는 점에 대해 생각했노라고 말했다. 아람은 전쟁이란 꼭 있어야 하는지 생각했다고 말했다. 결국, 답은 두 사람의 질문 안에 있었다. 우정이 없어서 전쟁이 나고 전쟁 같은 것에 우정이란 있을 수 없었다.

다시 아람은 늑대를 생각했다. 하늘에 태양은 하나이듯 인간을 왕으로 만들려면 늑대와 인간은 전쟁을 벌여야 했고, 늑대는 강한 무기를 가진 인간에게 죽임을 당해야 했다. 그 후 승리자인 인간은 늑대가 했던 일까지 자신이 맡아서 했다. 그러다 보니 아주 별것도 아닌 것들에 공포를 느끼고 습격을 당하곤 했다. 늑대는 늑대의 세상이 필요했다. 사람은 사람의 세상이 이미 존재한다. 늑대도 사람도 사회화를 이루고 왕을 만든다. 그러나 늑대는 사람의 세상을 넘보려 하지는 않았다. 그러나 인간은 달랐다. 신이 만든 모든 종족의 왕이 되고 싶어 했다. 탐욕을 가진 사람은 늑대의 세상까지 자신들의 것으로 하고 싶었다. 많이 먹고 싶었다. 그래서 늑대를 죽였다. 아람은 이런 생각을 그날 밤 일기장에 적었다. 그리고 꿈에서 늑대를 기다렸다. 늑대의 울음소리를 기다렸다. 그날 낮에 돌아다닐 때 보았던, 목을 길게 늘여 울부짖고 있는 늑대 동상을 떠올렸다. 새벽에 잠에서 깨어 일어나 보니 바로 옆 코 고는 소리 외에 주위는 고요했다. 몽골 늑대의 얼굴이 그려진 몽골 보드카를 한 잔씩 더 마시고 잠들면서 내일 못 일어날 것 같다고 투덜거리던 남편은 깊은 잠에 빠져 있었다.

새벽, 아람은 잠결에 말의 울음소리를 들었다. 남편이 알람 소리로 말 울음소리를 설정해놓은 줄만 알았다. 그만큼 그 소리는 아람 귓전에 바로 들렸다. 일어나보니 천으로 된 게르의 흰 벽에 말 그림자가 마치 무대에 등장한 그림자처럼 보였다. 게르를 돌아서 말은 입구에 와 있었다. 문을 열어달라고 하는 것 같았다. 아람이 천천히 천을 들어 올리려 하자 잠든 줄 알았던 남편이 막았다.

"왜 그래, 문 열지 말아요."

아람은 돌아보지 않고 잠시 멈추기만 하였다. 천천히 입구를 가린 천만 들여다보고서는 감격한 얼굴이 되었다. 아람과 말이 서로 눈이 마주친 순간이다. 연한 갈색, 이럴 때는 말 색이라고 해야 하나. 그러나 말은 저마다 색이 다 예쁘게 달랐다. 아람을 바라보던 연한 갈색의 말은 대열에서 잠시 이탈했을 뿐이다. 줄을 지어 그 뒤로 흰색, 검은색, 짙은 고동색의 말들이 모두 잘생긴 근육을 뽐내며 천천히 새벽부터 산책하고 있었다.

"키워지는 말들이야. 새벽부터 훈련이지. 똑바로 걷는 것, 옆을 보지 않는 것, 모두 다 말을 위해서, 그리고 사람을 위해서 훈련하는 거야. 재빠르게 달리기 위해서 매일매일 천천히 똑바로 걷고 비뚤어져 나가지 않기를 배우는 거야. 말은 그저 헉헉 숨을 쉰 거야. 당신이 깬 거고."

"그래. 당신 말이 맞네."

아람은 말에도 이름이 있으면 더 기억하기 쉬울 텐데, 저 아이들은 아마 번호로 기억될지도 모르겠다는 생각이 들었다. 재혼한 남편과는 처음부터 이름을 부르며 만난 게 아니라서 그런지 이름이 좀 낯설거나 입에 잘 안 붙을 때가 있다. 그러면 혼자서 괜히 죄책감 같은 것을 느낄 때가 있다. 최소한 남편의 이름은 까먹지 말아야지 하면서 그의 이름을 다시 입에서 오물거리고 그의 얼굴을 다시 한번 찬찬히 보았다. 그러고는 늑대라 불리는 아이들도 다 자기 이름이 있을 텐데 하는 생각을 했다.

아람은 게르를 나와서 지나간 말들의 대열을 보았다. 뒤돌아보지 않는 말들, 어딘가로 가야 할 말들. 그 시간을 위해서 천천히 가는구나.

"말똥 냄새, 문 닫읍시다." 옆에서 문을 닫으라고 한다.

아람은 문을 닫고서 생각했다. 문을 닫는다고 해서 무슨 냄새가 안 나고 열었다고 해서 나는 것 같지도 않았다. 이미 아람은 똥 냄새에 젖어버린 것 같았다. 질척한 땅을, 똥을 피해 걷는 사람들에게 몽골 현지 가이드는 똥은 불을 피울 때도 쓰고 어디에나 안 쓰이는 데 없는 유익한 것이라고 설명했었다. 똥은 젖어 드는 것이다. 나에게로 와서 세상으로 가고 세상의 똥으로 힘을 얻어 세상은 다시 힘을 내고 열매를 맺으면 나는 그것을 먹고 똥을 싼다. 똥 싸는 소리 하네 하고 남편이 말할 때마다 욕하지 말라고 했었는데 꼭 욕은 아니었다. 쓸데없고 더러운 말이라는 뜻만은 아니다. 똥 싸는 소리는 세상 돌아가는 이치를 말하고 있는 것 아니겠는가. 말이 울었는데 아람은 그 속에서도 무슨 신호를 들었어야 하는 게 아닌가 생각하며 좀 더 잠을 잤다.

아침 먹으라는 시간을 넘겨 일어난 아람 부부는 부랴부랴 세수만 하고 다음 일정을 나섰다. 똥을 싸지 못해서 그날은 엉망진창이었다. 옆에선 설사했다고 하는데 아람은 변비였다. 묵직한 배를 싸안고 다니다 초원에서 몇 번 방귀를 뀌면서 살 것 같았다. 똥이 아니면 방귀라도 귀한 것임을 깨달은 하루가 되었다.

아람은 말이 울던 밤 긴 꿈을 떠올렸다. 꿈에서 깨어났는데 아람에게 남은 것은 이런 속삭임이었다.

"없는 사람을, 약한 사람을 괴롭히고 빼앗은 너는 이제 기다려라. 갈기갈기 찢어 죽이겠다."

아람은 그 말을 곱씹었다. 아람의 뒤에서 자세히 설명하려 드는 소리도 기억났다.

"넌 가진 것도 없잖아. 근데, 괴롭히고 빼앗아 가거든 용서하지 마. 부당하니까."

그때 말의 울음소리를 들은 것이다. 몽골 늑대라고 생각할 뻔했다. 말의 울음소리는 늑대의 외침에 대한 동의로 느껴졌다. 그런데 몽골 늑대는 그럼 어디 있었던가.

「몽골에 늑대가 왔다.」 아람은 이렇게 조그만 수첩에 적었다. 그날 새벽 말고는 더 색다른 인상 없이 몽골 여행은 끝났다. 한 가지 깨달은 것은 우리가 몽골에 동화되었던 사실이다. 비행기를 타고 오면서 처음 몽골행 비행기에서 맡았던 그 냄새를 더 이상 느끼지 못했다. 그리고 알았다. 그건 몽골 초원이 묻은 흔적이었다. 우리는 그 흔적을 가지고 돌아왔다. 아람은 비행기에서 돌아오면서 메모를 보았다. 그리고 '몽골에'를 지우고 '늑대가 왔다'라는 소설을 써 보기로 했다. 아마 동화가 될 것 같다. 동화를 써보고 싶다고 생각하면서 불볕더위의 땅으로 돌아왔다.

아람은 몽골 여행에서 돌아오자마자 한 번은 남편의 지인, 한 번은 아람 지인의 방문을 맞았다. 그들이 모두 가고 나서 한나절을 잤다. 새벽에 일어나니 머리가 아팠다. 그리고 일주일을 앓았다. 혹시나 해서 코로나 판독을 해보니 양성이었다. 아람이 몽골 늑대가 방 안에 들어온 이야기를 소설로 쓰기는 그래서 한참 후에나 시작할 수 있었다. 아람은 일기를 쓰고 하루이틀 후 읽어보곤 하였다.

*

그날 밤 나는 꿈속에서 이렇게 울부짖고 있었다.
"그래, 찢어발겨 죽여주겠다! 빠르게 배를 채우고 싶고 더 많이 가지려 하고 한참 약하디약한 상대를 한꺼번에 죽이는 데 능통한 너희들에게 말해주겠다. 원하는 만큼 가져가거라. 하지만 나는 너희들을 욕망의 무게만큼 짓밟고 욕망의 속도만큼 재빠르게 찢어발겨주겠다!"
꿈속에서 쥐새끼 여러 마리가 죽어 있는 것을 보았다. 아직 살아서 나를 괴롭히는 쥐를 쫓아내줄 늑대를 기다렸다. 늑대는 남은 쥐새끼들을 몰아내주었다. 늑대는 죽어가는 쥐의 독성에 물러서지 않는다. 늑대가 죽은 쥐를 먹고 탈이 나지는 않을까 걱정되었다. 깨어나 보니 배가 아프고 몸이 마비된 느낌이었다.
어린 시절 누군가에게 받은 강아지가 있었다. 나는 그 강아지의 이름을 테리라고 짓고 정말 애지중지했다. 괴로워도 슬퍼도 울지 않는 소녀 캔디와 반항아 소년 테리와의 밀고 당기기는 다들 알 것이다. 이상한 것은 언젠가부터 나는 개를, 강아지조차, 아니 동물이라면 그 무엇도 모두 아무튼 죄다 싫어했다. 피했다. 트라우마가 있었으리라 추측하면서도 기억해내지는 못했다. 그저 한 장면이 떠올랐다. 엄마가 아주 자랑스러워하던 새로 이사한 집 안방이 보였다. 무척 넓었는데 그 방이 피바다가 되어 있었다. 테리를 안고 있는 것은 언니였고 나는 무슨 일인지 코피를 쏟으며 그 피바다에 허우적거리고 있었다. 꿈속 장면 같은 이해할 수 없는 미스터리는 어느 날 늦은 밤 풀렸다. 사십일 금식기도와 철야를 한다는 언니에게서 전화가 왔다.

"용서해줄래? 내가 너에게 폭력을 썼던 것 기억하니?"

"갑자기?"

"용서해줄 거지?"

"어릴 때 일 가지고 뭘 그래."

"기도를 들어주셨나 보다. 네가 사과를 받아주잖니."

"그런데 왜 그랬던 거야?"

무슨 일이었기에 그 폭행 사건이 일어났을지 그게 궁금해졌다. 응? 왜 그랬던 거야? 한 번 더 물어보자 그날의 이야기를 자세히 들려주었다. 기대와 딴판인 이야기였고 어이없을 만큼 별 게 아니었다. 나는 언니가 언니 노릇 하느라고 장녀로서 이 집안을 위해 나를 때렸을 거라고 믿어 의심치 않고 있었다. 예를 들면 불효했거나 집안을 수치스럽게 했거나 말이다. 그런데 언니 대답은 이랬다.

"네가 강아지를 안고서 한번 달라고 해도 안 주잖니. 그래서 그랬어."

아, 이제야 떠올랐다. 내가 왜 동물은 다 싫어하는지. 강아지는 더 싫어하는지. 무엇인가 귀엽고 작고 누구나 갖고 싶어 하는 예쁜 건 다 싫어하는지. 다시 그때로 돌아가자면, 어린 마음에 그 강아지만 아니었다면 우리 자매가 그렇게 싸울 일도 우리 착한 언니가 주먹을 휘두르지도 않았을 거란 생각을 하면서 강아지를 피했다.

코피 사건이 일어난 얼마 후, 집 거실에 흔들의자가 새로 놓여졌다. 가족 모두가 한 번씩 앉아보고 싶어하여 자매들 사이에도 경쟁이 붙었다. 자기 순서가 오기를 기다리면서 한 번씩 앉아서 흔들어댔다. 어느 날 나도 한 번 흔들의자에 앉았는데, 내가 흔들어대던 의자에 테리의 발이 끼어 큰 상처를 입은 일이 있었다. 나는 그것을 '테리의 아픔'이란 제목으로 글을 썼다. 테리의 아픔을 같이 아파하면서도 나의 실수에 대한 자책을 넘은 죄책감으로 괴로워하는 글이었다. 중학교 2학년 때 교지에 실렸던 이 글은 글짓기였으므로 좀 더 과장되어 쓰였던 것 같다. 우리가 소유하고자 했던 게 강아지에서 흔들의자로 바뀌었을 것이고 테리는 같이 놀아달라고 하다가 어린애의 부주의로 그만 발이 끼였던 일이겠지만, 테리의 사고는 왠지 이제는 나의 소유가 되지 못하는 강아지에 대한 방기에서 나온 사건이었을지도 모르겠다는 자책으로 스스로에게 실망하며 괴로워했던 것 같다. 그래서 테리의 입장이 되어 이야기를 상상했다.

 누구의 사랑도 받지 못한 테리는 집을 나가 차도로 달려간다. 멀리 가서 다시는 돌아오지 않기로 한다. 테리는 자신을 소유한 주인이 새로 산 승용차 차창에 붉은 피를 뿌리는 것으로 복수한다. 그맘때 우리 집엔 자동차도 새로 생겼었다. 물론 이 모든 것이 한순간 '사업의 실패', '부도'라는 이름으로 사라지는 경험을 하면서 트라우마는 더 커졌는지도 모른다. 어차피 떠날 것에 대해 애착을 두지 않기. 다른 사람으로부터 박탈당할 것에 대해서는 애초에 무관심할 것. 이러한 내적 갈등에서 나온 결심이 모두가 다 소유하고 싶어하고 귀하게 여기는 것들에 대해서는 '나는 싫어한다'라는 표명으로 빗겨서게 된 것이 아닐까. 특히 그게 인간의 말을 하지 못하는 동물이었을 때는 회피가 두려움이 된 것 같다. 내가 그들을 싫어하는데 그들은 나를 따르겠는가. 나에게 덤벼들지나 않을 것인가.

 어른이 된 나는 이제는 '테리의 아픔'을 쓰지는 않을 것이다. 테리의 변신, 테리의 복수. 더 알맞은 다른 이야기를 생각해보겠다. 늑대의 복수는 어떨까? 가족에서 떨어져나온 늑대. 자신의 세상을 향해 달려간 늑대. 그러나 다시 찾아온 친지에게 모든 것을 빼앗기게 되자 복수의 이빨을 드러내는데…. 이러한 신파 무협 동화를 써보는 것은? 우선 고독한 늑대가 떠올랐다. 배고픈데, 전쟁은 싫은,

전쟁은 싫은데, 괴롭히는 자들이 없어지기를 바라는, 그런 외로운 늑대를 생각해보았다. 산골에 혼자 사는, 은둔한, 늑대가 떠올랐다.

나는 산골에 혼자 사는, 은둔한 늑대이다. 이 산골의 집은 죽은 할머니가 남긴 집이다. 할머니는 이 집이 재개발될 것이라면서 아무도 찾아오지 않는 산골에서 집도 못 팔고 도시로 나가 병원에도 못 가보고 그냥 죽었다. 육식동물 늑대는 할머니의 시체를 자연에 싸놓은 똥이라고 생각하고 먹었다. 토막 내거나 하지는 않았다. 늑대는 그냥 물어뜯어 삼킨다. 늑대는 그저 배가 고팠다. 먹을 것도 없고 너무 추웠다. 늑대는 사람과 사는 동물들이 부럽지는 않았다. 사람과 사는 동물은 사람이 시키는 대로 걸어야 했고 때론 벌을 받기도 했다. 말은 아침에도 사람이 일어나라고 할 때 일어나야 하고 먹으라 할 때 먹어야 했다. 조금이라도 대열에서 이탈한 말은 벌로써 강물이 범람하는 다리 아래 발이 묶여서 겨울밤을 나야 했다. 그렇지만 말은 배고프지는 않았다. 그리고 외롭지도 않았다. 늑대는 배가 고픈 것보다도 외로운 게 더 큰 문제였다. 늑대는 가끔 무엇으로 변신해서라도 사람 사는 마을로 가고 싶었다. 늑대가 인간에게 나타나면 늑대는 화살에 맞았다. 늑대는 동물 틈에 나타나기보다 사람이 되고 싶었다. 늑대는 홀로 독백을 할 뿐, 세상으로 나올 수가 없었다.

"나는 늑대이다. 배고픈 늑대."

늑대는 자신을 기다리는 사람이 있다는 느낌을 받았다. 그것은 소리였다. 그 사람의 숨소리이며 길을 걸으며 내는 허밍이었다. 그 사람은 수많은 지배자에 의해 많은 것을 희생하도록 요구받아온 사람이었다. 다수의 쥐새끼 같은 존재들에 의해 시달려온 사람이었다. 그 사람은 늑대를 부르고 있었다. 늑대가 와서 죽은 쥐를 처리해줄 거라고 믿었다. 늑대가 돌아오면 죽은 쥐새끼를 토해낸 피는 마를 것이고, 파리가 들끓게 되면 늑대는 냄새나는 그것을 물어서 묻어줄 것이다. 그 사람은 늑대를 알았다. 해로운 욕망을 따라 해로운 세균을 퍼뜨리며 쾌락에 빠진 한 줌도 안 되는 욕망을 먹어 삼켜준다는 것을. 그 사람은 나타나지 않는 늑대를 기다리면서 꿈속에서 울고 있었다.

*

아람은 아침에 일어나서 목이 쉰 것을 알았다. 목이 쉬고 코가 막히고 감기 기운이 있는 것처럼 느껴졌는데 몸도 많이 쳐지는 게 피곤하였다. 꿈속에서 외치던 자신이 생각났다.

"더 큰 것으로부터 너를 지켜라. 갈기갈기 찢어 죽여라. 너를 이용만 하는 작은 것들의 왕이 된 것도 죽여라."

아람은 꿈을 빌려 소설을 써야겠다고 생각하며 이미 몇 줄 적어놓았던 내용을 발견했다. 자신의 등장인물들은 태어나서 행동할 준비가 되어 있는데 작가인 아람은 코로나에 걸려 힘을 낼 수가 없었다. 이탈리아의 필란델로가 쓴 희곡도 생각났다. 작가를 찾는 등장인물. 그 제목으로도 흥미롭던 희곡을 다 읽고 나니 연극으로 보고 싶은 생각이 들었었다. 지금 아람은 등장인물들이 자신을 찾는 소리가 들리는 것 같았다. 등장인물이 있는 무대로 가기 위해서 우선 자신이 메고 있던 무거운 짐을 벗어야 갈 것 같았다. 그리고 객관적인 작가가 되기 위해서 자신 안에 죽여야 할 자잘한 욕망을 씻어내야 할 것 같았다. 그러기 위해 온종일 해가 뜨고 기울어져가는 것을 바라보고 있었다. 욕망덩어리 작은 동물들은 죽어야 끝이 난다. 그 욕망을 채우느라 바삐 움직이지만, 그 쾌락은 채워지지 않는다. 죽음에 대한 두려움 때문이다. 그러나 죽음은 그런 감각을 잃게 해주니 죽어서야 편해지는 것이다. 아람은 잠들면서 꿈결에 만든 무시무시한 자장가를 읊조렸다. 늑대처럼 거칠게 뱉고 소녀처럼 가늘게 불렀다.

붉은 모자를 쓴 소녀는 늑대를 찾아가요.
소녀에게 늑대는 엄마가 되었어요.
숲속의 집으로 가요 늑대는 말했어요.
숲속의 집에는 엄마가 죽어 있었어요.
배고픈 늑대와 소녀는 엄마를 먹었어요.
늑대가 죽고 소녀도 얼어 죽었어요.
봄바람이 불고 숲속엔 붉은 모자가 날아가요.

늑대와 소녀가 노래를 이어 부르다 같이 잠든다. 소녀는 늑대를 닮아가고 늑대는 소녀를 닮아가면서 둘은 싸울 필요가 없게 된다. 그리고 그들을 찾아온 사냥꾼의 발을 돌리게 한다. 이제 둘이 한 팀이 되자 사냥꾼 따위는 힘쓰지 못한다. 사냥꾼을 소녀가 상대하고 사냥꾼을 늑대가 내쫓는다.

자, 와서 발기발기 찢어라.
늑대는 네 삶의 훼방꾼을 퇴치해준다.
늑대를 보살펴라. 늑대는 너의 보호자.

어젯밤 늑대를 기다리는 동화를 쓴다고 늦게까지 앉아 있던 아람의 방에 거미가 거미줄을 타고 내려왔다. 그 거미가 온 이후로 하루살이와 날벌레들이 사라졌다. 거미의 종류를 알아보니 늑대거미였다. 늑대거미는 소리를 냈다. 시냇물 소리와 비바람에 흔들리며 내는 소나무의 소리를 하모니로 맞춰서 내고 있었다. 늑대에 관해서 쓰고 있었는데 늑대거미도 있었구나. 늑대와 늑대거미는 참 많이 닮았구나. 소리 내서 말하고도 모자라 끄덕이며 거울 속 자신을 바라보았다. 그리고 늑대거미를 다시 돌아보았다. 늑대거미는 방 안의 평온을 위해 잔 벌레들을 잡아주고 있었다. 야금야금 벌레로 한끼 식사를 하고 있었다.

아람은 침대에 누웠다. 가족이 생각났다. 가족을 떠올리면 욕이 들린다. 전라도 아버지는 '호랑이가 씹어갈 년'이라고 했다. 경상도 어머니는 '쌍년, 씹을 잡아 쨀까. 문디가시나…' 라고 했다. 아람은 어른을 피해 벽장으로 들어갔고 벽장에서 숲으로 가는 꿈으로 들어갔다. 불을 켜고 동화를 읽기도 했는데 그러다 불을 낼 뻔도 했다. 한번은 벽장 문이 잠겨서 숨을 못 쉬고 죽을까봐 살려달라고 소리치다가 하루 만에 발견되었다. 나는 부모님들이 나를 안아주고 이제 죽지 않게 되어 다행이라고 기뻐할 줄 알았는데 아니었다. 새로 장만한 집의 문에 흠이 났는지 살펴보았다. 그리고 문을 두드리거나 소리를 지르면 다시는 안 보겠다고 하셨다. 그리고 말했다. 너는 아무리 봐도 내가 낳은 자식이 아닌 것 같다. 문디가시나.

꿈에 죽은 쥐가 있었다. 한 마리 두 마리 세 마리 아니 그 이상이었던 것 같다. 늑대가 다녀갔다는 것을 알았다. 아람은 자신이 왜 늑대에게 이렇게 집착하는가 생각해보았다. 늑대가 되어 돌아가야 한다. 돌아가신 아버지는 사람 사는 세상을 떠나 야생으로 가야 할 늑대가 되어야 했다. 그러나 아버지는 사람 사는 동네에서 쥐새끼보다 못한 인간들과 살아가느라 여위어 죽었다. 먹지 못했고 뜯지도 못했다. 그저 늑대의 울음소리를 가끔 산에 올라가서 뱉고 왔다. 돌아가실 즈음은 골목길 예배당에 가서 방언을 터뜨렸을 뿐. 요양병원에서 수갑 장갑을 풀어달라고 소리 지르며 탈출을 시도하다 엉덩뼈가 부러졌을 뿐. 젊은 시절 애인을 닮은 물리치료사와 다정하게 잘 지냈는데 힘센 언어치료사에게 물을 달랬다가 거부당하자 팔을 휘둘러 폭력 성향으로 진단받고 정신병동으로 보내져 침대에 묶이셨을 뿐.

아람은 아버지가 떠나야 한다고 생각했다. 불륜으로 모텔을 전전하는 목사 대신에 새벽예배를 위해 교회 문을 열어야 했던 아버지. 목사님을 대신해서 새벽예배 때 문도 열어놓고 때마다 헌금도 많이 하는 아버지는 본인이 목사가 되실 생각은 왜 안 했는지 모르겠다. 교회가 재미가 없으면 절에 가서 중이 되시던지. 아람은 요양원에 누워계시다가 아람을 알아보던 아버지가 떠올라 울었다. 아버지는 요양원에서 손이 묶이고 코로나로 면회가 금지된 채 돌아가셨다. 아버지가 떠난 뒤 들쥐가 들끓었다. 야생 돼지도 출몰했다. 늑대가 와야 한다. 아람은 그렇게 생각했다.

아람은 여행에서 돌아온 지 한참이 지나서야 진짜로 집에 돌아온 것 같았다. 남편이 몽골 사진을 정리해주고, 둘은 다시 여행담을 나누었다. 별도 못 보고 비와 구름과 똥이 질펀한 흙길만 다니다 왔다는 이야기. 초원이라 하기엔 인공 게르가 너무 많았고 심지어 도시로 나가는 길거리에는 초원을 향해 광고판이 세워져 있었던 것을 보았던 이야기를 나누었다. '포장이사 전문. 연락 주세요.' 유목민은 포장이사를 경험하고 신세계라고 여겼을까 하며 웃었다. 남편은 슬며시 몽골 늑대가 그려진 보드카를 들고 왔다. 아람은 몽골 캐시미어 가게에서 사 온 붉은 모자 달린 망토를 입고 나왔다. 벌써 저녁에는 서늘하다 싶은 바람이 불어오고 있었다. 아람 부부는 새삼스럽게 다시 그 공연 이야기를 나누었다.

 점쟁이의 예언으로 우정에 금이 간다. 친구도 없다. 권력의 세계는. 하늘 아래 두 태양이 존재할 수 없으므로 한 놈만 왕이 되는 세상에서도 모든 것에게 길이 되어주는 사막의 별, 그리고 포효하는 늑대, 바람이 불어 함께 호흡하는 공존의 세상을 모두 그리워한다. 그럼에도 신화는 전쟁 극이다. 그 공연에서도 가장 흥미로운 것은 말을 타며 활을 쏘고 온갖 재주를 다 보여주는 마상 전쟁 장면이었다.

 전쟁을 신화화하는 것과 달리 실제 초원의 말은 항상 쉬고 있거나 먹이를 먹고 있었다. 낙타도 그랬다. 그들은 먼 길을 가야 하거나 주인과 함께 뛰어야 할 그때를 위해서 쉬고 먹고 잔다. 이렇게 조용하게 살면 좋은데 왜 전쟁을 일으킬까. 좀 더 좋은 목초지를 향해서 가려면 지도자가 필요한데 그 자리를 둘러싸고 전쟁을 하기도 하고 외부 세력이 침탈해서 전쟁이 일어나기도 한다. 살려면 뭉쳐 다니는 것이다. 늑대도 무리로 달려들어 큰 놈도 이겨낸다. 하지만 사람들에게 표적이 되어 멸종 위기에 몰리고 결국 혼자 남는다. 어린 양이나 탐내는 늑대가 되어버린 늑대의 고독이 결국 외로운 할머니의 신세와 겹치고 집에서 애물단지로 자라고 있는 소녀와 겹쳤다. 그들은 하나였다. 여행 중에 새벽마다 꾼 꿈이 생각났다. 지하로 내려가는 꿈. 아람은 모자가 달린 붉은 망토를 입고 있었다.

아람이 겨울에 다시 오고 싶다고 하자, 울란바토르 공항에서 몽골인 가이드는 핸드폰에 자기 번호를 저장해주었다. 그는 겨울에 오면 개썰매를 탄다고 했다. 썰매를 끄는 늑대 닮은 개, 개처럼 보이는 늑대를 상상했다. 털이 많은 개는 늑대가 와도 너무 많은 털 덕분에 금방 물리지 않는다고 했다. 겨울을 따뜻하게 날 수 있게 하는 털이 많은 개를 생각하면 소녀에게는 붉은 망토가 그런 기능을 하지 않았을까 생각해보았다. 붉은 망토를 입은 소녀를 태운 몽골의 늑대를 생각하며 몽골 늑대가 그려진 보드카를 한 병 더 샀다. 밤마다 조금씩 마시고 글을 썼다. 잔혹동화가 쓰이고 있다는 느낌이 들었다. 늑대는 아람에게 왔다. 아람의 잔혹동화는 계속 전개되었다. 캐시미어 망토가 세계로 들어가는 데 도움이 되었다. 작가를 찾은 등장인물을 연기하는 일인극 배우가 되었다.

동화, 늑대가 왔다

아람은 계단을 내려가서 문을 열었습니다. 방안에는 온통 지독한 냄새가 가득했어요. 아람은 자기 몸의 냄새도 맡아봤습니다. 이 냄새는 뭐지? 냄새의 주인공은 할머니였어요. 아람은 할머니가 이미 죽어 있는 것을 발견했습니다. 부패한 냄새가 반지하의 집안에

절어 있었습니다. 숨이 막혔습니다.

할머니가 키우던 개는 살아 있었습니다. 아람은 바구니에 넣어 간 술병을 꺼내 개에게 주었어요. 개는 술을 핥아먹은 뒤 아람을 쳐다보았지요. 붉게 충혈된 눈에서 눈물이 흐르는 겁니다. 개는 늑대처럼 고개를 젖혀 울었어요. 아람은 개를 안았습니다. 앞발에 피가 묻은 게 보였어요. 개를 안았는데 할머니의 냄새가 났지요. 입에는 피가 묻었고 어금니에는 할머니의 손톱이 박혀 있었어요. 상상해보세요. 할머니는 발광했겠지요. 늑대가 된 개는 그저 배가 고팠을 뿐이니 한입에 삼켰고요. 근데 이빨에 가시가 박혔네요.

아람은 불편해서 잠들지 못하는 늑대에게 다가갔습니다. 냄새가 야릇하고 역했습니다. 마늘 냄새, 개의 발 냄새, 똥오줌 섞인 피 냄새 같기도 했어요.

아람은 늑대의 머리를 쓰다듬어주었지요.

"이제 너와 나뿐인데 내가 지켜줄게. 너를 되찾아서 기뻐."

늑대도 이젠 너무 늙어 기운이 없었지만 그래도 늑대였어요.

"근데, 왜 할머니를 먹은 거니?"

늑대가 된 개는 말하지 않았어요. 너무 지쳐서 잠든 것 같았어요.

"알 것 같아. 이제 곤히 잠든 걸 보면 널 못 자게 한 것 같구나."

늑대가 잠들었을 때 아람은 할머니가 달력에다 써놓은 글자를 보았습니다. 너무 흘려 써서 금방 알아보기는 힘들었지만, 이렇게 쓰여 있었어요. '여긴 내 집이다.'

그러고 보니 늑대는 할머니가 부엌칼로 찔러서 온몸에 상처를 입고 있었어요. 할머니와 늑대의 전쟁이 있었나 봅니다. 아람은 늑대의 상처를 닦아주고 곁에서 같이 잠들었습니다.

새벽이 되었습니다. 늑대의 울음소리에 깨어 일어난 아람은 곁에 있던 늑대가 사라진 것을 알았습니다. 아람은 늑대의 입속에 끼어 있던 손톱을 꺼냈어요. 할머니의 깨진 손톱에 맞춰보니 딱 맞았지요. 아람은 붉은 망토와 바구니를 재활용 쓰레기장에 내어놓았습니다. 늑대가 멀리서 바라보다가 도망치는 것 같았어요.

그때 동네 사람들이 다가와 수군거렸습니다.

"치매 노인이 폭력적으로 변할 수도 있다지?"

"자식들은 찾아오지 않고 하나 있는 손녀만 상대하다 보니, 손녀를 밤마다 칼로 찔러 죽이겠다고 했대."

"어린애가 자다가 여러 번 죽을 뻔했나 봐."

아람은 못 들은 척 놀이터로 갔어요. 그리고 놀이터 모래에 할머니의 손톱을 묻었어요.

그때 아람을 시설에 보내려고 찾아온 사람들이 서 있었습니다. 아람을 보자 모두 다가왔어요. 아람은 천천히 뒷걸음질했어요. 누군가 속삭이는 소리가 들렸거든요.

"놓치지 마, 어서, 이리 데리고 와, 잡아!"

아람은 뒤돌아 달렸습니다. 멀리멀리 멈추지 않고 달렸어요. 큰 길로 나와 신호등을 무시하고 길을 건넜지요. 뒤쫓는 사람들을 피해 육교로 뛰어오르고, 다시 지하도로 몸을 피하고. 사람들이 보이지 않는 곳으로 달렸어요. 늑대처럼.

아람은 매일 할머니에게 혼나지 않을 수 있어서 좋았습니다. 어디 가서 그저 늘어지게 한숨 자도 좋겠구나 그저 그거만 생각했어요. 그리고 자고 일어나면 있는 힘껏 멀리멀리 달려보겠다고 결심했습니다. 아무도 없는 곳으로. 이미 도착한 늑대들이 있는 곳으로.

*

머리를 식히려고 등산복으로 갈아입고 산에나 갈까 하던 아람은 완성한 동화를 저장하지 않은 것 같아 다시 돌아섰다. 그런데 이미 승강기가 도착하는 소리가 들려 문을 닫고 나와 얼른 타버렸다. 지하주차장으로 내려가는 동안 승강기의 화면을 보았다. 축협의 고기를 세일한다는 광고가 나오는데 아래로 흐르는 자막이 눈에 띄었다.

「영시암 가는 길에 독사에게 물려 60대 사망. 이어 오세암으로 가는 길에 멧돼지 습격으로 50대 중상.」

아람은 동화 속 아람이 된 기분으로 산을 올랐다. 야생 동물 출몰 지역을 일부러 천천히 걸었다. 멧돼지가 나오면 쳐죽여주겠노라. 천천히 늑대의 눈동자로 숲을 걸었다.

어둠이 내려앉은 시간이 되어서 내려와 집을 향했다. 집 앞에서 목줄이 풀린 개와 마주쳤다. 은색 털이 눈부시고 귀 쪽으로 올라붙은 눈은 조금만 길게 목을 뽑아 하늘을 향해 포효하면 늑대가 될 것 같았다. 피하지도 다가가지도 않은 채 지나쳤다. 오랫동안 눈을 마주치면서 천천히.

먼 훗날

나는 오늘 잘 놀았다.
나는 오늘 기꺼이 죽는다.

먼 훗날

우리 반딧불이들은 오늘 밤의 공연을 위해 달려왔습니다!

여러분, 그동안 고생 많으셨습니다. 다행히 악어의 먹이가 되지 않았고, 빗줄기에 쓸려 내려가서 늪에 파묻혀버리지도 않았습니다. 그랬다면 지금 이곳에 날아오르지 못했을 거예요. 우리가 이렇게 반딧불이가 되어 하루라는 영원을 살게 된 것은 우리를 만나러 온 사람들의 탄성을 듣고 그들의 삶에 빛이 되기 위해서입니다. 생각해보세요, 사람들은 우리를 기억하지 못하지만 우리는 알아요. 우리의 빛이 왜 감동을 자아내는지. 그들의 기억의 총합인지. 사람들은 왜 우리를 만지고 싶어 하고 우리를 두 손 모아 품고 싶어 하는지, 자신들의 어두운 추억을 밝히고 싶어 하는지, 그리고 내밀한 소원 속에 우리를 묻고 싶어 하는지요. 우리는 그들이 잃어버린 꿈의 조각들이거든요.

오늘 하루는 우리를 찾아오는 사람들에게도 만남의 하루가 되길 바랍니다. 나는 사람을 조금은 압니다. 나는 반딧불이로 살기 전에 바퀴벌레로 살다가 죽었습니다. 나는 사람에게 해를 가한 기억은 없습니다. 바퀴벌레가 사람을 물던가요? 모르겠습니다. 하긴 바퀴벌레도 살기 위해서 양분을 섭취해야 했고 사람이 만들어낸 양분 위에 앉아 양분을 섭취합니다. 섭취했습니다. 그런 이유로 더러운 벌레로 분류되지요. 사람이 만들어낸 양분이라고 했잖아요. 나는 사람이 만들어낸 양분만을 특히 사랑할 뿐입니다. 쩝쩝.

바퀴벌레 퇴치제. 아, 두렵습니다. 여름이면 모두 사들여놓습니다. 아파트에서는 소독을 하고 관리실에서 제가 싫어하는 검은 찍찍이 동굴 감옥도 붙여놓으라고 나눠줍니다. 저는 여름마다 정신을 더 차리고 돌아다니느라 더욱 진땀을 흘리고 피곤하여 더 많은 양분이 필요합니다. 인간이 더 필요해집니다. 인간의 양분이 더 간절히 필요해집니다. 그러나 또한 살충제를 피해 도망 다녀야 했습니다. 그런데 내가 사람을 무서워하기만 한 것은 아닙니다.

살충제를 피해 달아나다가 어느 집으로 도망 왔을 때였습니다. 그 집은 사람이 안 살고 비어 있는 집 같았습니다. 쓰레기도 치우지 않아 어지럽고 더러운 집은 저에게는 오히려 고마운 곳입니다.

어둡고 축축하니 살기 적당해서 잘 지냈는데 어느 날 누군가 그 집에 들어왔습니다. 하루이틀 불도 안 켜고 잠만 자더니 일어나 청소를 하고 쓰레기를 치우고 불을 켜고 앉더군요. 그러고는 밤에도 불을 끄지 않고 잠을 자지 않는 거예요. 그게 문제였어요. 밤에도 잠을 자지 않고 앉아 있었어요. 불빛이 환하고 톡톡 소리가 나는 기계 앞에서 눈을 고정하고 등을 구부정하게 웅크리고 있었어요. 한 번쯤 허리를 펴는 것 같더니 다시 구부정하게 앉아 톡톡 두드리고 그러다 다시 허리를 펴고 다시 두드리고 반복하고 있었어요. 그러다 내가 그 기계로 올라가고 기계에 얹은 손가락 끝에 묻은 땀, 정확히 말하면 땀에서 나는 달콤한 향을 맡으러 올라탔습니다. 부드러웠습니다. 향기는 물론이고요. 처음엔 놀란 듯 손가락이 정지되고 앉아 있던 몸을 자리에서 일으키더군요. 저도 좀 당황했지만 도망가지를 못했어요. 왠지 그 움직임이 너무 조용해서 저도 바퀴벌레가 가진 그 비상한 탈출 속도를 보이기가 민망했거든요. 그리고 왠지 이 사람에겐 잘 보이고 싶다는 생각이 들었어요. 날 보고 있다는 생각이 들었어요. 맞아요. 이런 경우 대개 사람들은 화들짝 놀라서 가지고 있던 납작한 물건으로 탁 내리치지요. 그러니 나는 그때보다 더 많이 놀란 게 사실이랍니다. 이러다가 살충제를 확 뿌리려고 그러나 생각해보기도 했지만 그럴 것 같지 않았어요. 발아래로 내려놓고 밟을 리도 없어 보였어요. 그런데 정말 믿지 못할 일이 일어났어요. 책상 위 스탠드의 빛을 내게로 조금 비추더니 나를 좀 더 바라보다가 자신이 먹던 비스킷을 앞에 놓는 거였어요. 그리고 나를 그 앞에 내려놓으면 달아날까 봐 차분한 목소리로 속삭였어요.

"조금만 있다가 갈 거지?"

그러고는 한 손으로 비스킷을 부숴서 가루를 조금 자기 손등에 올리더니 내가 그것을 먹는 것을 기다렸어요.

나를 징그럽다고 느끼지 않는 걸까요? 그건 아닌 것 같았어요. 왜냐하면, 손가락이랑 손목이 잔뜩 긴장되어서 자꾸만 미끄러질 것 같았거든요. 근데 왜 그럴까? 진심일까? 아무래도 나를 헷갈리게 한 다음 박멸하려는 전형적 수법 같았습니다. 우리는 한 번 속으면 그 순간이 끝인데 말이죠. 정신을 왜 자꾸 놓고 이러는 거지? 나 요즘 외로운가? 그러다가 이 사람이 정말 외롭구나. 그런 깨달음에 다다랐습니다. 그래도 마음 약해지면 끝이겠지요. 세상에 바퀴벌레가 불쌍한가요, 외롭지만 그래도 인간인데 그 인간이 불쌍한가요? 역시나 나만 잘하면 되는 거였어요. 그것도 바퀴벌레가 낫겠어요? 사람이 낫겠어요? 내가 왜 잘난 인간을 동정하고 있지? 살아보니 세상엔 나만 잘하면 되더라는 교훈을 다시 한 번 새기면서 발길을 돌리려는데, 아니 발 빠르게 도망가려던 순간이었어요. 그때 긴장이 빠져버렸던 내 몸 위로 다시 폭발적인 무기가 투하되었어요. 액체 무기인데 지금껏 즐길 만했던 땀보다는 조금은 더 짭조름한 냄새가 났어요. 다리가 꼬이고 몸이 늘어지면서 한 번도 느끼지 못했던 뜨거운 포근함에 살짝 땀이 났어요.

"고맙다."

뭐가 고맙다는 걸까요. 너무 궁금했어요. 나는 왜 바퀴벌레인 내가 그녀에게 고맙다는 말을 들을 수 있게 되었는지가 너무도 궁금했어요. 내 바퀴벌레의 생은 그때가 가장 행복했지요. 그녀가 가장 외로웠던 밤, 그녀의 차디찬 손가락 위에 그녀의 뜨거운 눈물에 잠겨서요. 그리고 비스킷을 오래오래 먹으며 불빛 속에 아름다운 그녀의 머리카락과 솜털을 바라보고 그녀가 톡톡 박자를 맞추며 밤새도록 기계를 두드리는 동안 춤을 추었습니다. 그녀의 발 사이사이를, 책상 속 나란히 뻗은 종아리 아래에서 다시 책상 위 팔꿈치 주변까지 오르락내리락하면서요. 그런데 어느 날 그곳으로 가다가 누군가의 발에 밟혀 죽은 것 같습니다. 우리는 더 이상 만나지 못하게 되는 걸까요?

많은 시간이 흘렀을 거예요. 나는 쓰레기로 버려졌습니다. 양분을 먹고 살아온 양분이었지만 이젠 쓰레기였으니까요. 쓰레기는 먼지가 되었습니다. 먼지는 자유였습니다. 어디 있는지 모를 그녀의 코와 입의 점막에 들어가는 공기 중 일부가 된 것입니다. 제 소원은 이루어졌네요. 쓰레기가 되어서요. 죽어서요. 만나고 싶었습니다. 봄날의 꽃이면 더욱더 좋겠지만 그리고 이별 없는 만남이면 더욱더 좋겠지만요.

그런데 나는 그 여자의 가장 아픈 이별로 다시 만나게 되었어요.

내가 그 여자의 외로움을 달래주었고 내가 그녀의 그 많은 이별의 가장 큰 슬픔을 담당하게 되었고 그 이별의 종지부를 찍게 되었지요. 그리고 오늘 밤 여기서 다시 만납니다. 나를 알아볼까요? 어떤 소원을 빌까요? 그 소원을 듣고 싶어요. 먼지가 되어 그녀의 사랑과 헤어졌다가 다시 그녀와 만나는 이야기를 해야 알까요? 우리는 여기에 있습니다.

*

이곳에 오기 전에 병원에 들렀다. 서울에 있는 병원에서 검사하고 결과를 듣기 위해 1박 2일이 필요했다. 오는 날은 아버지가 계신 이천의 추모공원을 들렀다. 아버지는 봄날에 돌아가셨다. 환절기는 견디기 힘들다. 봄날은 힘들다고 말하려는 것은 아니다. 봄날엔 부활절도 있다. 그러고 보면 부활, 즉 삶도 죽음만큼 힘들지 않을까. 반복 속에서 전혀 나아지지 않는 좌절이라면 말이다. 검사 결과를 들은 날에는 아이가 있는 일산의 추모공원을 들렀다.

아버지를 뵈러 가면 너무 속상해서 운다. 아쉬움 때문이다. 나를 가장 잘 아는 사람, 사랑해주시던 분과의 이별이라는 생각이 든다. 그리고 아버지의 인생이 슬퍼서 운다. 누구보다 성실하고 누구보다 그래서 더 소심하고 누구보다 정도를 걸으셨고 그래서 세상에 이만큼 더 순진한 사람은 없을 것이라며 조롱받으셨다. 내가 감히 평할 수 없는 나와는 비교할 수 없이 훌륭한 분이다. 성실히 살아오셨고 직분만큼 이루셨다. 남에게 피해를 주지 않으셨다. 남에게 손해를 입어 곤란을 겪은 적은 있으나 그래도 헤쳐 나가셨다. 그러느라 늙었고 그러느라 머물렀고 그러느라 멈추셨다. 그런데 왜 그의 인생 팔 할이 그렇게 부질없게 느껴지는지 모르겠다. 왜 그의 죽음에 나는 이다지도 무너지는지 모르겠다. 그의 죽음은 내가 겪은 일 중에 가장 슬프다. 그것은 지금껏 살면서 나와 가장 인연이 깊은 사람으로는 단연코 아버지 외에는 없기 때문이다. 이혼한 남편과 비교해도 그랬고, 먼저 보낸 아들과 비교해도 그랬고, 재혼한 남자와의 세월과 비교해도 그랬다. 아버지와는 살아 있는 가족과 비교할 수 없는 진한 시절이 있었다. 집안에서 따로 놀고 외톨이었던 나를 아버지는 언제나 먼저 챙기셨다. 그래서 더욱 외톨이가 되었고, 그럴수록 아버지는 저 녀석이 그래도 어릴 땐 똥고집이 있어서 그렇지 영리했었는데 하고 안타까워하며 감쌌다. 끝까지 사랑해준 사람, 유일하게 믿어준 가장 오래된 사람이 사라진 것이다. 그 허전함은 조금 오래 갈 것 같았다.

그런데 아들은 좀 달랐다. 아들은 이제 막 스물을 넘긴 나이였다. 그런데 아이를 생각하면 담담하다. 그 아이가 있는 추모공원을 가는 것도 약간은 형식적인 일로 느껴진다. 아이가 어디 갔다는 생각을 한 적이 없다. 그저 나와 함께하고 있다는 생각 때문이다. 내가 숨을 쉬면 같이 쉬고 먹으면 같이 먹으며 좋은 것을 보면 같이 웃는다. 그리고 아이가 더 살아서 조성진처럼 피아니스트가 되지 못한 것이, 손흥민처럼 축구선수가 되지 못한 것이 속상하지도 않다. 친구들의 자식들처럼 좋은 직장에 취직하거나 취직 준비를 하면 좋을 텐데 생각한 적도 없다. 좋은 대학에 가거나 외국에 유학 가거나 유학하려고 준비하지 못해서 슬픈 적도 없다. 아이는 자기 생을 잘 살고 가을에 떠났다. 스무 살이란 자기 생을. 의사가 이야기한 생보다는 훨씬 더 오래.

진료실에 들어가기 전, 남편과 나는 으레 서로 묻는다. 같이 들어갈까? 때에 따라서 같이 들어가달라고 한다. 자주 그런 편은 아닌 것 같지만 괜찮다며 혼자 들어가겠다고 하기도 한다. 주로 남편이 그런 편이다. 내가 들어가면 술을 먹느니 마느니 그런 이야기가 나올까 봐 그런 것 같다. 그리고 오랜 지병으로 꾸준히 약을 타다 먹는 게 있는데, 그건 내가 끼어들 만한 성질이 아니었다. 그래서 처음에는 병원까지 가고도 같이 들어가지 않고 주차장에서 아예 한숨 자고 있기도 했다. 본 적은 없지만, 가끔 경련을 일으킨다고 한다. 뇌 질환이므로 심각한 일일 테고 본인은 혼자서 처리하고 싶어 한다. 우리는 재혼 부부이니 어디까지 같이 있어주고 어떤 것은 몰라줘야 하는지 처음엔 잘 몰랐다. 이젠 다 알아야 한다는 생각이다. 아주 당연하지만 말이다. 잔소리라는 것도 사실은 서로를 잘 몰라서 하는 것 아니겠는가.

나는 이번에는 혼자 들어간다고 했다. 자궁이 없어진 몸인지라 여성호르몬은 나오지 않을 테고, 그래서 여성호르몬 약을 먹으니 유방은 인위적으로 영향을 받을 테고 인위적인 것은 몸에 좋지 않을 수 있어 검사를 정기적으로 받는 것이다. 자궁이 없으면 여성호르몬의 문제만 생기는 게 아니고 노화가 빨라진다. 노화란 아름다움과 추함의 문제가 아니다. 능력의 문제가 먼저이다. 활동 능력은 퇴화하였지만 행복할 능력이 있다면 좋은 거다. 무엇이 하나 없어도 살고 있다는 점, 부작용도 있겠지만 분명히 편리함도 있다. 다 가진 게 좋은 것만은 아니다. 버리기 전에 미련이 남지, 버리고 나면 홀가분함을 상상하지 못했으므로 그렇게 미련하게 굴었구나! 그제야 깨닫는다.

진료실에 남편을 들어오지 못하게 한 이유는 결과에 대해서 어느 정도 예측을 했기 때문이다. 남편이 들어와서 같이 들으면 듣는 데 방해가 될 것 같았다. 나도 묻고, 남편도 묻는 바람에 의사가 할 말이 줄어들 것 같았다. 우리가 들어야 할 말의 시간이 줄어들 것 같았다. 그리고 조금 몰라도 되는 것은 모르는 것이 더 나으므로 의사가 알려주는 것만큼만 알아도 좋을 것 같았다. 유방 촬영은 처음보다 쉬웠다. 처음엔 얼마나 아프던지. 이젠 익숙해졌다. 얼마든지 할 만했다. 초음파 검사는 오히려 싫었다. 미끄덩한 크림은 언제나 싫은데, 그걸 발라 문지르니 기분은 더 불쾌하다. 그보다 이번 검사는 찜찜함이 더했다. 인제 그만 옷을 내려도 된다며 일어나라고 해서 옷을 내리고 휴지로 크림을 다 닦았는데, 검사를 담당하던 교수라는 사람이 잠깐 다시 누워보라고 했었다. 그 순간 나는 어떤 연기를 해야 할까, 연기를 잘하는 배우라면, 연출을 잘하는 감독이라면 또 어떤 지시를 할까? 그런 생각을 하고 있는데 요즘 피곤한 일이 있냐고 물었다. 딱히 답을 요구하는 질문은 아닌 것 같았다. 내가 되물어야 할 것 같았다. 어디가 안 좋은가요? 라고 물어봤자 답을 들을 것 같지는 않았다. 역시나 답을 듣지는 못했다. 외래진료실에서 교수님한테 들으라고 했다. 그런 일이 있었기에 외래의 중대 발표와 그 내용은 혼자 듣고 걸러 남편과 상의해야 할 것 같았다. 남편은 그럴래? 하고 한 번만 묻고 핸드폰으로 계속 야구를 보았다. 아니 농구인지도 모르겠다. 점수를 계산한 표인 것 같기도 하고 짐짓 심각하다. 그게 무엇인지 몰라서 설명을 할 수 없다. 그러니 잔소리도 허망할 것 같아 그냥 둔다. 진료는 15분 연기에서 30분 연기로 바뀌고 있었다.

진료실에서 기다리는 동안 텔레비전 뉴스에서는 고속도로로 달려 나온 타조 한 마리의 모습이 보였다. 트럭에 살짝 치여서 놀라는 것 같았지만 여전히 빠른 속도로 뛰고 있었다. 타조는 빠른 동물이라고 소개되고 있었다. 타조가 탈출한 이유는 얼마 전 짝을 잃은 스트레스 때문이라고 했다. 서로 사랑하느라 나오던 호르몬이 마르려면 시간이 필요할지도 모를 일이다. 혼자 살기 알맞게 호르몬도 재정비할 시간이 필요할 것이다. 그때 새로운 공기가 필요할지도 모르겠다. 여행을 간다든지 울타리를 벗어나 탈주를 한다든지. 아니면 술로 달래든지.

　남편은 상처한 뒤 4년 만에 나를 만나 재혼을 했다. 나를 만났을 때는 소주 두 병을 매일 밤 사러 나가서 밤마다 마시길래 알코올중독자인 줄 알았다. 지금은 그렇게는 못 마신다. 늙어서 못 마신다. 아니면 이제 세월이 흘러 그 아내를 잊을 만한지는 모르겠다. 남편이 가장 좋아하는 시는 김소월의 「먼 후일」이다.

　당신이 찾으시면 그때 내 말이 잊었노라. 당신이 속으로 나무라면 무척 그리다가 잊었노라. 오늘도 어제도 아니 잊고 먼 훗날 그때 잊었노라.

　먼 훗날에 잊으려면 인생은 얼마 남지 않았다. 우주에서 우리의 삶은 하루살이만큼 찰나인데 왜 먼 훗날까지 기다려야 하나. 미래는 연습이 필요하다. 이별도 연습이 필요하다. 만남이 그토록 오래 전부터 우리를 위해 아팠으니까. 이별을 위해서는 우리가 아파야 한다.

　진료대기가 45분으로 변했고, 문자가 왔다. 진료대기가 많이 길어지므로 죄송하다는 문자였다. 나는 이제는 기다리지 않기로 하고 그사이에 할 일을 찾았다. 그때 문자를 보았다. 긴급 여행객 모집 코타키나발루. 금액이 특전. 이십만 원대의 3박 5일. 참고하기 위해 서울에서 호캉스를 즐기기 위한 평일 호텔 가격, 아니 주차 가능한 평범한 모텔을 벗어난 숙소 가격을 알아봤다. 금요일 밤이라 주차라도 하려면 30만 원은 줘야 했다. 하룻밤에 말이다. 서울에서 하룻밤 잘 가격으로 생전 가보지 못한 코타키나발루에서 세 밤을 자고 오고 싶었다. 계약한 뒤에 남편에게 말했다. 반대하지 않았고, 진료실에 들어가기 전에 남은 금액을 모두 보냈다.

코타키나발루로 가기 위한 어떠한 준비도 제대로 못 했다. 말레이시아는 올해 1월부터 입국 3일 전에 디지털 입국 신청을 해야 했다. 그것은 말레이시아 도착 오 분 전 비행기에서 알았고, 핸드폰이 연결되자마자 신청하는 것으로 해결되었다. 00항공에서 24시간 전에 보내온 모바일 체크인 안내 문자는 확인하지 못해 발 빠른 승객들보다 체크인이 뒤처졌다. 우리는 떨어져 앉게 될 것이다.

검사 결과를 듣고 친구들을 만난 다음 강원도에 내려가려고 했다. 친구들과 만나는 시간을 넉넉하게 잡느라 두 시간이 남았다. 그동안 인터넷도 뒤지고 놀다가 일을 내버린 것이다. 그날 밤에 떠나는 여행사 긴급 여행객 모집에 걸린 것이다. 1박 2일짜리 가방을 챙겨 나왔는데 작년에 정착한 내 집이 있는 강원도로 돌아가지 않고 친구들을 만난 뒤 인천공항으로 달려갔다. 자정에 출발하는 코타키나발루. 강원도는 아직도 눈이 녹지 않았는데 코타키나발루는 동말레이시아로 늘 여름이다. 겨울 외투와 목도리, 모자와 장갑을 모두 주차장에 세워둔 차에 던져놓았다. 감기에 걸리면 따뜻한 나라에 가서 나아 올 거라는 믿음으로 반소매에 여름 점퍼 하나만 입고 출발했다. 오늘 자정을 넘으면 내일이고, 겨울은 여름이 된다. 적도로 간다.

왜 이렇게 긴급한 것인가? 이렇게라도 떠나고 싶은 이유는 무엇인가? 그저 주저앉아 있을 수 없었는가? 마지막 방랑인가? 오랫동안 아팠다. 아이를 잃고는 가슴도 아프고 머리도 아프고 배도 아팠다. 허리도 아프고 다리도 아팠다. 그렇다고 죽을 일은 없었다. 그저 2년 전에 자궁을 적출했다. 암일 수도 있다고 하였다. 난소까지 다 들어내고 나니 아프지도 않고 너무 좋았다. 대신에 호르몬을 먹으라고 하였다. 단지 호르몬의 부작용은 정기적인 유방 검사가 필수라고 하였다. 그래서 유방 검사를 정기적으로 하고 있었는데 원래 있었던, 양성종양이 악성으로 변했다고 한다. 모두 수술을 하던데 나도 수술을 해야 하나 보다. 일련의 의료사태로 중요한 다섯 병원에서는 당장은 수술이 힘들다고 하였다. 강원도의 집 근처에 가서 수술할 병원을 알아보거나 좀 기다려야 할 것 같았다. 그동안 고단한 일은 삼가고 안정을 찾으며 약물치료를 하라고 했다. 약은 처방전대로 받은 다음 들고 오지는 않았다. 집으로 부치면 되는데, 남편은 무조건 직접 받아서 돌아가자고 한다. 다시 돌아오기 싫은 서울에 또 오자고? 불편하고 귀찮은 과정을 통과하는 것이 좋을까? 작은 선택 하나마저도 자신의 가치가 들어 있는 것 같다. 싸울 필요는 없다. 한 번 져보는 것도 좋다. 그리고 져줄 만한 일이었나 돌아보면 된다. 마찬가지로 그쪽도 나를 이겨놓고 그게 이길 만한 일이었는지 나중에 알게 될 것이다. 어차피 누가 이기고 누가 지든 누가 맞고 누가 틀리든 같이 가야 하는 길에서 함께 깨닫지 못하면 다 지는 것 아니겠는가.

  어쨌든 여행을 하게 되었다. 여행을 위해서 검사 결과에 대한 암울한 분위기를 가방에 넣어갈 수는 없었다. 수화물 검사를 위해서도 무거운 짐은 줄여야 했다. 우선 피곤한 일을 하지 말라고 했으니 피곤한 생각은 거기까지만 하기로 했다. 들어가서 기다리는 일은 피곤할 테니 들어가기 전에 공항을 좀 더 돌기로 했다. 서점에 들르니 코타키나발루에 관한 책이 세 권이나 있었다. 가장 얇은 책을 샀다. 그리고 납작하게 접혀 있다가 불면 목베개가 되는 저렴하고 가성비 좋은 제품을 하나 샀다. 남들은 다 비싼 것을 사서 접히지도 않는 것을 벌써 목에 두르고 십자가처럼 짐을 지고 다니는데 나는 비행기에서 불어서 사용해야지 하면서 뿌듯했다. 그런데 바로 옆자리에서 같은 것을 한 여자가 그것을 불고 있었다. 나는 그것을 돌아올 때까지 꺼내지 않았다. 다음 여행 때 기회가 또 오겠지. 올까? 아닐 것 같았다. 앞으로는 희망이나 기대는 돌아오지 않을 것이다. 더는 목베개를 꺼낼까 말까 갈등하지는 않았다. 이제부터는 내가 사용하는 모든 것은 폐기되어야 할 물건이 될 것 같았다. 나는 돌아오지 못할 것이므로 내가 사용한 것은 버려지거나 누군가 주워서 사용하지 않으면 태어나지 않은 것이 좋았을 것이니까.

 마지막으로 화장실에 간 다음 출국하려다가 서점으로 다시 돌아갔다. 겨울에서 여름으로 돌아가는데, 깨어 있고 싶었다. 시집 한 권을 샀다. 이리저리 넘겨보다가 다음의 문장이 들어왔다. 이브 본느푸아의 시 「두브는 말한다」라는 시였다.

 나는 여름을 갈망했지
 눈물을 말리기 위한 맹렬한 여름을

 한 그루 포도나무처럼
 서서 연소하는 자
 최후의 노래하는 자가
 거대한 물질을 빛나게 하면서
 정점에서 굴러떨어지기를

 그러다 다시 만나는 이 나지막한 곳에서
 언어가 소멸되기를

 비행기 안은 시집을 읽기가 불편했다. 시집을 끝까지 읽기가 힘들었다. 머리는 덥고 다리 아래는 추웠다. 마음은 여름인데 몸이 겨울이라 잠이 들 수 없었고 다행히 여름에서 겨울로 아니 겨울에서 여름으로 가고 있었다. 우주는 늘 있고 나는 태어나고 사라질 뿐이다. 나는 겨울에서 여름으로 가는 중이다.

비행기가 이륙하는 시간은 오래 걸렸다. 사람이 죽는다고 선고를 받고도 얼마간 더 이승에서 시간을 갖는 것처럼 느껴졌다. 일부러 다른 생각을 하려고 노력했다. 비행기를 타기 전에 친구들과 만났던 시간을 떠올려보았다. 아직까지 만나는 두 친구는 왜 오래가는가 생각해보았다. 서로 덜 불편해서가 아닐까. 차이가 나지만 차이를 이해하고 서로의 욕심이 다르지만 각자 다른 욕심을 이해하고 슬픔의 모양이 다르지만 깊이 묻지 않고 섣불리 충고하지 않아서 불편하지 않다. 불편하지 않기 위한 가장 잘하는 점은 서로 물어보면 답하는 것이다. 먼저 자기 이야기를 하기보다는 누가 말하면 끝말잇기 놀이를 하듯 말을 이어서 하는 것이다. 먼저 말 꺼내는 법은 잘 없다. 누가 친정엄마 흉을 보면 비슷한 경우를 이야기해서 이어가지 먼저 꺼내놓지는 않는다. 그러니 누가 먼저 했냐고 물어보면 딱히 누가 흉을 먼저 봤다고는 할 수 없을 것이다. 시어머니 흉을 먼저 본 사람이 누구였는지도 기억나지 않는다. 남편 흉을 본 사람이 누구였고 남편 자랑한 사람이 누구였는지, 자식 자랑한 사람이 누구였는지 기억이 잘 안 난다. 그렇다고 해서 두루뭉술 남의 이야기나 하면서 답답한 적은 없다. 내가 죽게 될지도 몰라. 그런 말은 꺼내지 않았다. 아마 내가 죽는 것을 친구들한테 고하지 않으면 섭섭해할까. 나의 결정을 존중하고 뒤늦게 알았어도 그러려니 해줄까.

　이번에 만났을 때는 좀 더 담담했다. 담담해서 편했지만, 너무 편한 것 아닌가, 원래 동창들이나 친구를 만나면 맘이 불편하다고 하지 않은가? 그런 생각을 해보았다. 하지만 이젠 조금은 초연해진 건지도 모르겠다. 이제 뭐 재미있을 일이 있나, 편안한 게 더 좋은 일이라는 생각이다. 그것은 내가 할 말이 별로 없기 때문이었다. 친정 욕을 하면 난 할 말이 없었다. 아버지가 돌아가셨는데 깊은 슬픔을 이야기하는 것은 이제 그만이다. 어머니와는 이제는 가급적 덜 만난다. 거리 두기를 통해서 행복을 빌어드리면 된다는 생각이다. 그건 내 속으로 생각했지 친구들에게 굳이 말하지는 않았다. 욕을 하지도 속상하지도 않으니 나쁘지도 않다. 오랜만에 이 이야기 저 이야기 나누는 중에 한 친구가 말했다. 나만 들은 것일지도 모르겠다.

　"아이를 비극적으로 잃은 사람은 얼마나 마음이 아프겠어. 우리는 그걸 모르잖아."

　마치 내 상황은 거기에 해당하지 않는다는 듯이 말했다. 아마 나의 경우를 깜박했든가, 몇 년 흘렀다고 잊었든가, 아니면 내가 너무 밝게 사니까 잊었을지도. 몇 초만이라도 정적이 흘러야 했는데 그러지도 않았다. 나와 헤어져 돌아가면서 친구들끼리 실수를 깨닫고 뒤늦게 걱정하지 않을까 생각해보았다. "아니야, 괜찮을 거야. 잘 지내고 있잖아." "그럴까? 그렇겠지? 지나간 일이니까. 시간이 흘렀으니까. 이젠…."

 늘 아픈 상처는 보이지 않는 법이다. 내 상처가 나은 건 아니지만 보이지 않는다니 다행인지도 모르겠다.

 저가 호텔은 시내에서 조금 떨어져 있었지만 그래도 훌륭했다. 검색해보니 희망을 '0'에 놓으면 조식도 괜찮고 방 상태도 지낼 만하다고 했다. 그랬다. 심지어 아담한 수영장도 있었다. 수영장 넓으면 뭐 하나, 우리 부부는 이제 십오 분만 허우적거려도 언제 나갈까 시계를 쳐다보는 처지인데, 딱 좋았다. 바다 전망이 아닌 파크뷰도 좋았다. 식물에서 나오는 산소가 얼마나 좋은가. 바다는 강원도 동해안에 가서 보면 될 일이었다. 그런데 침실이 트윈침대였다. 우리는 떨어져 삼 박을 지냈다. 우리 나이에는 각방을 쓴다지만 늦게 만난 우리에게는 오랜만에 느껴보는 편안함이었다. 겉으로는 서운한 척하면서도 편안한 것은 사실이었다.

 새벽에 눈이 떠졌다. 창밖은 희미한 여명이었다. 시간은 확인하지 않았다. 천장에는 화살표가 있었다. 무슨 표시일까? 어제 도착하여 씻고 잠들기 전 침대에 누운 남편이 묻고 대답까지 해주었다. 기도하기 위한 방향 표시라고 했다. 그 화살표를 보고 있는데 그 표시를 따라 옆에 무언가 보였다. 도마뱀이었다. 소리 지르지는 않았다. 남편이 놀랄까 봐 그런 게 아니라 나 자신이 전혀 놀라지 않았기 때문이다. 정말로 귀여웠다. 그냥 여기 있어도 되는 것이 여기 있는 것으로 보였다. 그냥 좀 더 자세히 보고 싶어서 일어나 창가에 놓인 책상으로 가서 책상 등 조명을 켰다. 조명을 켜고 들여다보려는데 남편이 소리를 질렀다. "귀신!"이라고 했다. 분명히 그렇게 말한 것 같았다. 너무 웃겨서 돌아보았는데 그러고는 계속 잠을 자고 있었다. 잠꼬대거나 꿈을 꾸는 중인가 보다. 일어나면 물어봐야겠다고 생각하면서도 깨어나면 생각이 안 난다고 할 것 같아서 갑자기 너무 궁금해졌다. 깨울까? 소용없는 일이다. 깨는 순간 잊을 것 같았다.

창밖이 제법 밝아진 듯하여 책상 등을 껐는데 아직 어두웠다. 다시 켜서 공항 서점에서 산 책을 읽었다. 코타키나발루는 황혼이 황홀한 섬이라는 뜻도 있지만, 키나발루라는 산이 있어 붙여진 이름이다. 그리고 키나발루는 죽은 자들을 위한 산, 죽은 영혼들의 안식처라는 뜻이 있다. 떠난 임은 돌아오지 않았기에 영원했다. 그래서 이 섬의 황혼은 늘 황홀한가 보다. 이렇게 아름다운 보라색이 존재하다니. 무슨 색이라고 이름 붙이든 모든 색은 존재하고 또한 사라지므로 화가는 상상력을 발휘하는 게 아닐까. 자연에 있는 아름다움을 그대로 모사한다면 예술가라고 할 수 있겠는가. 예술가는 자신이 신은 아닐지라도 창조의 순간, 그 희열을 위해 그러고 있는 것 아니겠는가. 그러나 황혼은 신이 만든 게 아니다. 황혼은 황혼이 만들었다. 우주는 우주가 되어 있었다. 신은 사람이 만들었다. 사람을 신이 만들었다면 이 아름다운 자연을 만든 것을 보고 감탄하고 경배하라고 만든 것일 테다. 즉 좋지 않은 말로 하면 생색을 낸 것인데, 자연을 보고 있으면 생색을 내는 것 같지가 않다. 그냥 너무나 아름답다. 그냥 너무나 무섭다. 산 자들은 멀리하고 아버지와 아들만을 그리워하다 그들의 추모공원을 돌아보고… 집으로 돌아가려다 말고 이 죽은 자들을 위한 섬에 온 이후로 마음이 편해진 것이 나는 적어도 경계에 사는 게 아닌가 생각이 들었다. 남편도 그런지도 모르겠다. 꿈속에서 귀신이라도 만났는지 귀신이라고 소리를 치고 말이다. 그때 남편이 일어났다. 그래서 왜 귀신이라고 소리쳤냐고 물어보려고 했다. 그런데 남편이 먼저 말을 꺼냈다.

"오기 전에 아버님 뵙고 와서 그랬나 봐. 장인어른 생각이 나네."

"꿈에 우리 아버지라도 봤어?"

"아니?"

"근데 갑자기 왜?"

"우리 아버지를 만났어. 같이 짜장면 먹었다. 술 한잔하면서."

"근데 우리 아버지가 생각이 나?"

"당신 팔 부러졌을 때, 무겁게 반찬통 가지고 오셨잖아. 전철 갈아타시고. 엄청 무겁더라고. 그때까진 건강하셨는데."

"아버지가 쓰러지시고 당신을 기억하지 못하셔서 서운했지?"

남편과 아버지가 나눈 대화는 고장 난 전축과 스피커에 관한 대화가 전부였다. 재혼을 하기로 한 상견례에서는 이렇다 할 대화를 하지는 못했다. 그리고 집으로 찾아갔을 때 아버지는 남편에게 말을 건넸다. 아버지는 이미 기계공학을 전공한 예민한 성격의 소유자가 아니었다. 전축은 오래전에 고장이 나 있고, 라디오로 설정이 되어 있었는데, 맞춰져 있는 국악 채널에서 채널도 옮겨지지 않고 볼륨도 조절되지 않는 상태였다. 함께 나눈 마지막 대화였다.

"이게 참 좋았는데, 이젠 이렇게밖에 듣지 못하고 있네."

남편은 다섯 시간의 비행 중에 예전 일이 많이 생각났다고 했다. 오늘 아침결에도 왠지 이런저런 생각이 난다고도 했다.

"그랬구나, 옛 생각이, 옛사랑이 파노라마처럼 지나가셨네."

그렇게 반응해주었더니 이렇게 답했다.

"24시간 매일 같이 있잖아. 매일 같이 놀고. 그럴 틈이 어디 있냐."

나는 물었다. 혼자 떨어져 앉으니 좋았냐고. 남편은 고개를 저었다.

"당신은 좋았어?"

나 역시 다른 사람을 보게 되는 경험을 했다. 내 옆에는 젊은 부부와 두 살 정도 되는 아이가 있었다. 아이가 한 번도 안 보채고 아이패드에서 눈을 떼지 않았던 게 신기했다고 남편에게 보고라도 하듯 이야기했다. 남편은 창가에 앉았고 나는 복도에 앉았다. 남편 쪽 두 중년의 여자들은 보톡스를 맞아 팽팽한 얼굴로 골프복에 청바지와 흰색 키높이 운동화 차림이었다. 남편은 코를 골 텐데 여자들이 싫어할 것 같았다. 그런데 남편은 코를 골지 않았다. 남편 말은 여자들이 입을 벌리고 자는 게 신기했다는 것이다. 남한테 책잡히고 싶지 않으면 비즈니스석을 타면 될 일이고, 비즈니스석을 안 탔다면 모두 친근하게 봐주면 될 일이다. 그러나 우리는 다 자신의 내면을 말할 수 없을 때 남의 말을 한다. 나는 나를 알까? 내가 지금 어디에 있고 어디에 가려고 하는지? 사람은 축축한 데서 자면 허리 병이 생기지만 미꾸라지는 축축한 데서 살아야 편하고, 우리는 나무 꼭대기가 불편하지만, 원숭이는 그곳이 제일 편하지 않은가. 다른 사람 이야기하지 말고 내가 편한 곳이 어딘지 살필 일이다. 아무튼, 다섯 시간이 흘러서 여름에 도착하기 위해선 잠을 자거나 잡념이라도 빠져들어야 했다.

　나는 남편을 만나기 전에 독서 모임에서 알게 된 남자와의 해프닝이 생각났다. 주말에 종종 우리 집에 와서 같이 책을 읽거나 영화를 보거나 음악을 들었다. 아내가 너무 바쁘고 자식들이 너무 바빠서 상대해주지 않아서 집에 가면 심심하다고 했다. 이러다가 큰일 나겠다 싶었을 땐 너무 늦었다. 하루라도 빨리 깨달았어야 했는데, 지금이라도 늦지 않았다고 생각해서 열심히 쫓아냈다. 쫓아내느라고 무척 힘들었었다. 들어오겠다고 징징대고 안 나겠다고 울었으며 계속 오게 해달라고 빌기까지 했다. 우여곡절 끝에 이사하게 되었고 집이 멀어지자 다행히 보지 않게 되었다. 행복했다. 지나간 시간만 생각하지 않으면 이제는 우울하지 않았다. 그때 바퀴벌레가 나타났다. 이상하게 반가웠다. 막상 아무도 없는 방에서 며칠을 말없이 보내는 데 정말 힘들었나 보다. 울음이 터질 것 같았는데 참고 있었을지도 모르겠다. 그러나 이유 없이 울고 있을 수는 없었기에 책을 읽다가 책을 필사하고 있었다. 시집의 한 구절을 베낀 것 같기도 하다. 바퀴벌레가 또 나타났다. 이젠 나도 놀라지 않고 그도 도망가지 않았다. 소리 지르거나 무거운 책장으로 확 덮어버릴 수도 있었지만 그냥 두어보았다. 바퀴벌레는 사람보다 나았다. 어느새 보면 사라졌고 어느새 보면 내가 기다리고 있고 어느새 보면 또 지켜보고 있다가 알아서 사라졌다. 사람보다는 집요하지 않았다. 인간은 바퀴벌레보다 집요하다. 그리고 나를 버리려던 것들은 집요함에 더해서 잔인했다. 어쩌면 그렇게 갖은 누명을 씌워서 괴롭히고 죽이려 들었을까. 그때부터 나는 사람은 벌레보다 못한 존재라는 생각이 들었다. 그래서 이 여행에서 벌레를 보러 가는 관광이 있다고 해서 따라가자고 했다. 하루살이를 보러 간다고 했다. 반딧불이라고 했다. 반딧불이는 오늘이 영원인 하루를 마친다. 나는 나의 하루를 그들의 영원에 바치고 싶었다.

"여기 보르네오섬의 반딧불이는 하루살잇과라고 합니다. 반딧불이들이 빛나는 것은 공중에서 짝을 찾으려고 하기 때문이랍니다. 빛으로 서로의 짝을 찾아가는 것이지요. 말하자면 짝을 찾아 공중에서 결혼식을 올리고 그 수명을 다하는 것입니다. 늪에서 날아올라 가장 아름다운 시간을 맞이하고 영원 속으로 뛰어드는 거지요. 사랑을 쟁취하기 위하여 찬란히 밝히는 불빛의 역할을 여기 현지인분이 해줄 것입니다. 불빛으로 반딧불이들을 유인할 거예요."

크리스마스트리의 반짝이는 알전구처럼 어둠을 밝히는 반딧불이가 모습을 드러내자 관광객들은 탄성을 질렀다. 그들을 유인하는 불빛에 반딧불이가 하나둘 강물 위를 따라왔다. 천천히 흘러가고 있는 배를 향해 날아오기 시작했다. 그러더니 한 무리의 반딧불이가 별처럼 쏟아지고 있었다. 배에 타고 있던 관광객들은 손을 뻗어 그들을 맞이했다. 두 손을 모아 그들을 가까이서 보기도 했다. 우리는 우습게도 모기 기피제를 가지고 갔다. 말하자면 한 손으로는 모기 기피제를 들고 다른 손으로 반딧불이를 부르고 있었다. 만남을 원하면서 만남을 두려워하는 불안이라니. 반딧불이의 하루의 목적인 만남을 지켜봐주고 즐기면 안 되는가. 반딧불이가 나무로 올라가 앉는 것은 얼마 되지 않는다고 한다. 늪에서 유충으로 있다가 날아올라 하루 만에 빛을 발하고 짝과 만나면 영원은 마무리되는 것이다. 그 삶의 의미를 설렘으로 바라보면 안 되는 걸까? 그런데 뭐 그리 복잡할까, 왜 그리 안달일까. 왜 불안하고 두려울까. 그것은 인생은 뜻한 바대로 되지 않기 때문이다. 실제로 두렵기 때문이다. 그런 생각을 하는 동안 늪 한가운데 물결이 돌돌 돌아가고 있는 게 보였다. 나는 반딧불이보다 그 알 수 없는 정체가 더 두렵고 궁금했다. 호기심은 두려움과 함께한다. 두려움은 호기

심에서 멈추지 않고 실체와 만날 때 가중된다. 분명히 보았다. 배를 향해 돌진해오는 분노를 들었다. 아직은 뭔가 때가 되지 않았다는 듯 돌아가는 물결 속 움직임도 보았다. 미지의 생명체, 그 한끝을 보았다. 그때 가이드가 설명했다.

"여기는 악어가 있어요. 하지만 몸집이 아주 작으니까 걱정하지 마세요."

그러면서 조명을 비추었다. 그런데 조명을 비추자 악어는 실체를 드러냈고 전혀 작지 않았다. 가이드도 놀란 것 같았다. 그러나 악어는 우리의 만남을 방해하고 싶지 않은 것 같았다. 이내 사라졌다. 다시 빛은 반딧불이를 불렀고 나도 반딧불이를 향해 눈을 돌렸다. 그때 옆 사람이 말했다.

"손가락에 반딧불이가 계속 붙어 있네요."

반딧불이가 붙은 곳은 손가락에 습진이 습관적으로 생겨서 매일 밴드를 붙여놓는 곳이었다. 밴드를 붙이지 않고 있다 보면 상처가 잘 생기고 그러다 보면 피도 나고, 껍질도 까지고, 그러면 다시 밴드를 붙이고, 상처가 좀 나으면 다시 밴드를 떼지만 다시 건조해지는 그런 악순환의 연속인 지점이었다. 여행 중에 밴드를 못 붙여 전날부터 피가 나던 자리였다. 나무의 상처는 줄기에 하얀 수액을 맺히게 하는데, 거기에서 향이 생긴다는 말이 생각났다. 그게 유향이라고 한다. 설마 유향 같은 향이 난다면, 그래서 반딧불이가 좋아한다면 좋겠는데, 그것도 아니라면 좀 미안하다는 생각이 들었다. 반딧불이가 나의 상처를 알아주니 고마웠다. 나를 잘 아는 존재로 보였다. 너는 누구니? 라고 마음속으로 묻고 있었다.

"반딧불이에게 소원을 빌어보세요. 남은 생의 소원이 이루어진답니다."

때마침 가이드의 말에 나는 반딧불이에게 무슨 말이든 하고 싶어졌다. 주위를 보았다. 반딧불이를 두 손 모아 잡은 사람들이 보였다. 두 손안의 아주 작은 알전구를 가지고 있는 모양이었다. 그들 중에는 이미 소원을 비는 사람들이 보였다.

"네 소원은 뭐야?"

나는 반딧불이의 소원이 궁금했다. 이제 곧 영원 속으로 사라질 곤충에게 영원히 살게 해달라고 빌 것인가? 마지막이 얼마 남지 않은 곤충에게 무엇을 빌고 있단 말인가? 너의 마지막에 함께할 수 있어 영광인 우리가 모두 너에게 참 예의가 없구나, 이게 인간이란다.

"기억했으면 좋겠어요."

나는 그렇게 말했어요. 들었을까요? 들렸을까요? 이미 알고 있을 거예요. 모든 이별의 마지막은 기억을 위한 작별이라는 것을. 그래서 이별은 쉽지 않고 시간이 걸린다는 걸요.

먼 훗날

*

 여행은 운명을 바꾸기 위한 것이라고 한다. 이사를 하는 만큼은 아니지만, 여행도 이사처럼 자신의 거주를 잠시 다른 자리에 놓는다. 잠시라도 가던 길을 멈추게 한다. 그 길에 서서 다른 방향을 바라보는 것만으로도 생각은 바뀔 수 있다. 이동이란, 변화란, 늘 짐을 싸는 것과 관계된다. 짐을 풀고 다시 짐을 챙긴다. 그 과정에서 꼭 가져가야 할 것과 그렇지 않고 버려도 될 것이 나뉜다. 그중에 한두 개는 버려진다. 그렇게 짐을 줄이게 된다. 그래야 다시 새로운 여행의 길을 나설 수 있게 된다. 그러면서 자신도 버리게 된다. 여유분이라는 것과 짐은 다른 것이니까. 그 와중에 나를 버릴 수 있게 되면 다음에 버릴 수 있게 될 것 같은 인연은 만들지 않게 된다. 청소를 하다 보면 아무래도 어떤 것은 도저히 버릴 수 없는 것도 생긴다. 지금 내게 남은 것은 그런데 죽은 것들뿐이다. 나와 기억을 같이하기로 약속한 뒤로 겨우 이별할 수 있었던 죽음뿐이다. 죽음은 도저히 버릴 수 없었다. 그들이 나를 떠났을 뿐인데, 그들이 떠나면서 깨닫게 해주었다. 떠날 수 없어서 영원한 곳으로 간다고. 그곳은 나의 기억 속이라고. 그래서 헤어질 수 있었다. 그러고 나니 다시 만나기 위한 시간을 기다리는 것이 남은 삶이 되었다.

 내 두 손안에 머물렀던 반딧불이에게 소원을 말했다. 하루가 영원이라 믿으며 살아왔고 죽어갈 반딧불이의 소원을 기억해주고 싶었다.

"너의 소원이 궁금해. 아침이 밝아오기 전에 어떤 모습이 되길 원하니? 누굴 만나고 싶니?"

반딧불이는 내 안에서 머물다가 떠났다. 소원을 이루었다고 말한 것 같았다. 소원을 물어봐주어서 고맙다고 한 것 같았다. 반딧불이의 빛을 통해 나를 보고 있었다. 생과 절연하고 죽음을 위해 소진해가는 세월. 그 시간 속에서 평온을 찾는 것. 반딧불이와 죽은 자들을 위한 섬에 온 것을 오래 기억할 것 같았다. 버릴 수 없는 여행 기념품이 될 것 같았다.

유방의 종양이 악성이라 가슴이 단단해진 게 아니었다. 내 가슴의 결기로 인해 단단함이 차올랐다. 밤은 깊어졌다. 후드득 비가 내렸다. 쏟아지던 별처럼 반딧불이는 다가왔고 비처럼 흘러내리듯 어딘가로 흩어졌다.

"엄마, 정말 발이 추웠어요."

아이가 얼마 남지 않은 생을 이어가고 있을 때 혼자 너무 힘들어 가족에게 연락을 하였다. 눈 오는 날이었다. 아무도 오지 않았다. 길이 미끄러워 올 수 없다고 하였다. 눈이 녹고 며칠 후 부모님이 오셨다. 아이의 상태를 물었다. 면회가 제한되어 있었기에 복도에서 이야기를 나누었다. 마침 아이에게 양말을 신겨주려다가 잊어먹고 돌아선 것 같아 간호실의 버튼을 눌렀다. 간호사가 바쁜지 나오지 않았다. 어머니는 그 양말을 보았다. 양말은 마침 크리스마스를 맞이하여 내가 선물 가게에서 산 무릎까지 오는 털실로 짠 털양말이었다. 어머니는 그 양말을 빼앗았다. 병원에서 아이한테 주사도 놓아줘야 하고 시트도 덮어주므로 여기다 놓으면 손 타거나 버리기에 십상인데 스키장에 가는 다른 손주에게 주어야겠다며 자기 가방에 넣고 가버렸다. 돌아와서 잠이 들려 할 때 아이가 발이 춥다고 자꾸 깨우는 바람에 다시 병원에 들어갔다.

  나는 어느 날 아들과 조용히 둘만의 시간을 가졌다. 나도 아이도 무언가 대답이 없으면 살아갈 수도 죽을 수도 없는 시간이었다. 아이에게 말했다. 너는 어디 가는 게 아니고 이제 내게 오는 거야. 그렇게 말하니까 아이는 소원을 다 이룬 듯 따뜻해져서 잠들 듯 내 손을 놓아주었다.

  나와 우리 아들은 내 가족과 친구들과 이 사회에서 기획한 작품과는 다른 생이었다. 그들이 싫어하는 바퀴벌레처럼 말이다. 나 역시 반딧불이에게 다가설 때 모기 기피제를 손에 들고 있었다. 버리지 않으면 하나가 될 수 없다. 하나가 되고 싶으면 무언가 놓아야 한다. 아이가 떠나고 나자 나는 세상 밖으로 나올 수 있었다. 세상의 기획에 속하고 싶지 않았다. 도망쳤다고는 말할 수 없지만, 나의 거취를 말해줄 필요는 없었다. 나는 나를 알려주지 않았다. 나를 기획 속에 넣으려고 하는 세상에서 벗어나고 싶었다. 나는 그렇다면 소속이 어디인가? 그런 게 어디 있냐고 생각하겠지만 사람들은 실제로 그런 것을 묻는다. 집이 어디냐, 부모님 뭐 하시냐? 전공이 뭐냐? 어느 대학을 나왔냐? 누구에게 배웠냐? 어디 다니냐? 시작이 뭐냐? 너의 뿌리가 뭐냐?

떠나고 싶었다. 그런데 아니었다. 떠나고 싶었던 게 아니고 나는 떠나도록 만들어졌다. 밀려서 여기에 왔다. 그런데 좋은 데로 온 것 같다. 죽은 자들을 위한 섬. 나는 그날 밤 꿈에서 반딧불이에게 소원을 말하고 있었다.

"반딧불이야. 나의 소원도 말해볼게. 나는 모두 어디 있는지 알고 싶어. 잘 있겠지…"

잠을 자는 콧속으로 입속으로 뭔가 들어오는 느낌이 들었다. 숨을 쉬었고 침을 삼켰다. 매일매일 우주의 작은 조각이 내 몸으로 들어오고 나간다는 느낌이 들었다. 빛으로 사라진 반딧불이가 내 안에서 밝아져 이제는 웃을 수 있을 것 같다. 일어나다 보니 남편이 벌써 짐을 싸고 있었다. 모기 퇴치제를 집어넣으면서 남편이 말했다.

"벌레에 한 번도 안 물렸어. 여긴 나쁜 벌레는 없나 봐. 도마뱀들도 귀엽고. 악어도 많이 자라진 말았으면 좋겠다. 너무 크면 총에 맞거든."

소원이 하나 더 생겼다. 우리 모두 더 커지지 않게 해주세요. 이대로 작아져서 보이지 않으면 사라지는 것이 덜 힘들지 않을까요?

먼 훗날

집에 오는 길에 시동생의 전화를 받은 남편이 전화를 끊지 못하고 있다. 자식이 없던 작은아버지가 돌아가시면서 사촌들 간에 소송이 생긴 것이다. 작은아버지가 죽기 전 암 투병을 간병한 시동생은 평생 얼굴도 안 보이던 사촌들에게 똑같이 유산이 돌아가는 것이 부당하다고 했다. 그런데 모든 유산을 자신에게 남기겠다고 유언장을 써준 작은아버지의 유언장에 흠결이 있어 효력이 없음을 알고 당황했다. 사촌들은 연합전선이 만들어져 사촌 대표가 전화를 걸어오기도 했다. 얼굴도 잊고 지내던 사촌들은 뜻을 모으고자 연락하게 되었고 시동생은 늘 같은 편이 되어준 가장 친한 형의 집에 찾아오고 싶어 했다.

여름인 보르네오섬에서 아직 설산이 보이는 바람 부는 동해안으로 가는 게 힘들었다. 인천에 도착하여 약을 찾으러 다시 서울 시내로 들어가는데 벚꽃이 만개해 있었다. 살기 위해 빛의 도시 서울에 모인 사람들에게 그나마 벚꽃이 위안이 되어주었으면 좋겠다고 생각하는데 비가 내렸다. 약을 찾고 돌아서는데 벚꽃이 떨어지고 있었다. 남김없이 후드득 떨어지고 있었다. 비가 내리면 어김없이 꽃잎 한 장 남기지 않는다. 올해도 벚꽃은 가장 아름다울 때 지고 남김이 없다. 다 버리고 간다. 남기는 법이 없다. 사람은 반대다. 남긴 게 있으니 그때야 모인다. 그리고 싸운다. 반딧불이의 빛과 봄날 벚꽃의 화사함을 뒤로하고 아직은 차가운 바람이 부는 동해안으로 간다. 거기에 탈주한 내 자리가 있다. 내가 그곳으로 가는 이유는 언젠가 거기로 가는 꿈을 꾸었기 때문일 것이라는 생각을 해본다. 꿈을 꾸었던 나, 지금의 나, 그리고 모든 것을 두고 사라질 나를 만나러 간다.

  시내 약국에서 약을 받아 이제 강원도 동해안으로 가면 되었다. 그런데 이왕 서울 시내 붐비는 값비싼 도로에 진입하느라 애를 먹었으니 한 군데 더 들리기로 했다. 헌책방 거리가 사라진다는 뉴스를 본 기억이 나서 아예 그 붐비는 동네에 진입하여 근처에 주차하고 헌책을 구경했다. 거기서 오래된 잡지를 보았다. 내가 알지 못한 나의 시간과 만났다. 아주 젊은 시절 내가 응모한 글이 실린 잡지와 만났다. 이번에는 당선을 시켜주지 못했지만 실망하지 않고 투지를 발휘하길 바란다, 십 년 후면 좋은 작가가 되어 있을 것이라는 이십 년 전의 심사평이었다. 매우 허약한 문장력과 어수선한 구성이지만 한번 찾아오면 술 한잔 사주고 싶은 청년이라는 심사평에는 웃음이 나왔다. 그때 술 한잔했으면 좋았을 텐데 생각하면 바보니까. 심사위원이 누구인지 다시 보았다. 일 년 전에 돌아가신 분이었다. 심사평을 봤다면, 혹은 그 심사위원과 만나 술이라도 한잔 같이 마셨다면 지금과 달랐을까? 작가가 되고 싶어 글을 쓴 적도 있었나 보다. 글이라면 가을에 문득 편지를 쓰고 싶다는 기억뿐인데. 다시 돌아갈 수는 없다. 하루살이도 하루를 다시 살 수는 없다. 벚꽃도 다시 피는 것은 아니다. 다시 만나는 것이다. 다시 만나고 싶다.

거대하게 자라난 악어에게 잡혀서 흔적 없이 죽어가는 꿈을 꾸었다. 내가 죽고 내가 쓰다 만 글이 살아서 어떻게 돌아다닐지 궁금해졌다. 나의 몸은 먼지처럼 흘러내렸다. 비처럼 흘러내렸다.

'귀신!'이라고 외치고는 깨어나서 기억이 안 난다고 했던 남편처럼 나도 꿈도 과거의 어느 시간도 전혀 기억하지 못할 뿐더러 알지 못하고 살아왔다. 내가 죽고 다시 나를 만나고 싶다. 반딧불이에게 소원을 이렇게 빌고 싶다. 다시 코타키나발루에 갈 일이 있을지 모르겠지만 말이다.

*

절대로 크지 않은 소리였다. 결코, 빠른 속도의 빛도 아니었다. 강물의 흐름과 같은 속도로 별빛의 흐름과 같은 부드러운 노래였다. 개미가 베짱이에게 왜 일하지 않냐고 했다는데 베짱이는 하루 세 시간은 조율과 복습을 했고 하루 세 시간은 노래 속에 이야기를 담아 새로운 곡조를 만들어보았고, 하루 세 시간은 다듬었다. 그 노래와 이야기는 일하던 모든 개미에게 휴식 시간을 주었다. 일 안에서 잠시 춤추게 만드는 힘이 있었다. 앞만 보고 가던 개미들도 우주가 흘러가는 속에 자신이 서 있는 곳이 어딘지 눈을 잠시 감았다 뜨게 만들었다. 보이지 않는 세상을 열게 하고 모르던 색을 보게 하고 새로운 소리를 느끼게 하는 것이다. 그리고 베짱이도 잠시 연주를 멈추었다. 우주와 개미와 베짱이가 하나가 되던 순간이 있었다.

오늘 밤 반딧불이들도 무음의 연주를 시작하였다. 무음의 연주는 춤이 되었다. 늪에서 나온 반딧불이들은 짝을 만나고 춤을 추고 화답하였다. 오늘 사라진다고 우주가 사라지지는 않는다. 하지만 반딧불이가 존재하는 이유는 무엇인가. 또 존재하되 오늘로써 사라져야 하는 이유는 무엇인가. 오늘 밤의 만남이 최고의 그리움이기 때문이다. 즉 이 순간, 사라짐이야말로 반딧불이의 목적이기 때문이다.

만남이란 이별을 전제한다. 잃어버린 꿈, 떠나온 땅, 잊혀진 기억은 다시 만나게 된다. 늘 여름인 이곳, 이 늪지에서 이곳을 찾아온 사람들 앞에 빛이 되어 공연하고 탄성 속에 생명의 클라이맥스를 맞는 그들은 오늘 밤 아름답다. 더 조용히 그들의 빛이 뿜어내는 이야기에 귀 기울이면 그들은 사람을 사랑한다는 것을 알 수 있다. 모두 여기에 있다. 죽은 자들의 영혼일지도! 지금, 모두 여기에 있다.

"나를 알아보셨나요?"

그 정점의 시간은 지금, 여기! 나는 반딧불이로 태어났습니다. 나의 부모는 코타키나발루에서 흘러나온 바람의 숨결이요 악어가

잠행하는 숲속 강가의 물결이었습니다.

"기억했으면 좋겠어요."

나는 그렇게 말했어요. 들었을까요? 들렸을까요? 이미 알고 있을 거예요. 모든 이별의 마지막은 기억을 위한 작별이라는 것을. 그래서 이별은 쉽지 않고 시간이 걸린다는 걸요. 죽는 기쁨과 태어남의 기쁨은 같으며 죽는 기쁨이야말로 태어남의 기쁨을 알게 되는 시간이었습니다. 처음이었어요. 나의 소원을 물었던 사람. 그래요, 저를 알아보신 거예요. 맞아요. 모두 여기 있어요.

정령들의 춤

사랑은 시간이 사라진 장소이다.

미궁

 그는 외지인이었다. 그녀도 외지인이었다. 그와 그녀보다 멀리서 온 젊은 청년들도 외지인이었다. 그와 그녀보다 늦게 도착한 나이 어린 소녀도 외지인이었다. 그와 그녀는 외지인이었으나 그 청년들과 그 소녀에 비해서는 현지인에 조금은 더 가까웠다. 청년들은 히말라야를 가슴에 품은 외국인이었다. 그와 그녀는 이주한 지 1년이 되면 주민센터에서 주는 쌀 10㎏ 두 포대와 한 명에 이십만 원씩 주는 정착금도 받았다. 언제 다 먹냐 하던 쌀도 들어앉아 먹기 시작하니 금방이었다. 그렇게 1년이 더 흘러 정착 중인 외지인이다. 소녀는 그에 비하면 그저 가출해서 떠도는 미성년자였다.
 "우리는 그럼 외지인도 아니고 현지인도 아닌, 반지인(半地人)이

라고 하면 될까?"라고 말하며 그녀는 웃었다. 그녀가 여기 오기 전 건강정신의학과에 다닌 것을 알았던 그는 이제 잘 웃는 그녀를 보고 다행이라고 생각했다. 그녀가 여기 와서 살면서 즐거워하는 것을 보면 연고도 없는 곳에 이사 온 일이 잘한 일이라고 생각되었다.

이 장소의 이름은 '시간'이다. 이 '시간'에서 그는 그림을 그렸다. 그녀는 그에게 그림을 배웠다. 달리 말하면 그녀는 그림을 그리고 그는 그녀가 그린 그림을 보며 계속 잘 그려보라고 손뼉을 쳐주었다. 그 밖에 그는 아침 설거지가 끝나면 주로 단품의 점심 메뉴를 팔 수 있도록 준비했다. 양파와 감자, 당근을 잘게 썰고 달걀을 부쳤다. 이미 밥은 냉동실에 햇반처럼 해놓고 손님이 오면 데웠다. 손님은 많지 않았다. 이곳은 농촌이자 어촌이며 산촌이고, 농촌도 어촌도 산촌도 딱히 아니었다. 산과 산 사이에 있으며 논과 바다 사이에 있었고 군데군데 연못과 천이 흘렀다. 시골인 데 비해 오가는 사람이 많은 이유는 산과 바다가 있는 소도시에서 얼마 떨어지지 않은 시골이었기 때문이다. 그래도 소도시 자체는 아니어서 관광객의 발걸음이 끊기기 시작하면 참으로 조용한 동네였다. 그런 까닭에 이곳에는 한철 장사하는 좋은 펜션 외에도 숨어 있는 민박들이 있었고 산이나 바다가 보이는 좋은 전망이 있는 카페가 아니더라도 골목골목 작은 창고 같은 공간들에서 커피를 팔거나 국수를 파는 곳이 있었다. 동네 사람들은 조금 더 들어간 곳에서 산이나 논밭에 농사를 지었고 그렇지 않으면 펜션이나 민박으로 생계를 꾸렸다.

  이곳에는 토박이 외에 외지인이나 그와 그녀 같은 어정쩡한 사람들이 많았다. 반은 현지인 반은 외지인이라는 뜻으로 그녀가 만든 말이 '반지인(半地人)'이다. 현지에 살고 있지만, 외지인 취급을 받는 사람이라는 뜻일 것이다. 특히 여기에는 네팔이나 방글라데시 혹은 케냐 등 아프리카에서 온 검은 피부의 외국인들도 많았다. 이슬람 히잡을 쓴 안경 쓴 소녀도 조용히 식당에 와서 현지식 혼밥을 하였다. 레게머리로 곱슬머리를 길게 땋아 기른 하체가 풍만한 대학생들도 있었다. 하지만 대체로 네팔에서 온 청년들이 많았다. 그 청년들은 그곳에서 가까운 소도시에 나가 고깃집 등 관광객을 상대하느라 바쁜 영업집에서 땀을 흘렸다. 저녁이 되어 이곳의 유일한 버스인 7번 버스에는 구십 퍼센트가 이들이었다. 근처 소도시로 나가 양고기 집에서 술 한잔을 먹고 돌아오는 날이면 그와 그녀는 마치 외국 버스에 탄 기분마저 들었다. 그들은 일요일 저녁이면 그녀가 사는 동네의 초등학교 운동장에 와서 축구를 했다. 그녀는 일 년 전 자궁근종이 암으로 변이될 위험이 있다고 하여 자궁과 난소를 들어냈다. 병원에서는 '적출'이라고 말했다. 그 뒤 허리가 아팠다. 운동한다고 등산하러 다녔다. 무릎이 아팠다. 그래서 그냥 걷기로 했다. 그녀는 걸으면서 생각했다. 어떻게 살아왔기에 오십에 허리가 아프고 무릎이 아플까. 이미 자궁은 없어 편해졌으나 그녀가 잃어버린 것은 그뿐이 아니었다.

그녀는 몇 해 전인지 기억도 안 나는 어느 가을날 낙엽이 거리에 뒹굴고 세상이 무너져 내릴 것 같던 암흑의 시간, 아이를 잃었다. 교통사고였고 뺑소니였다. 병원 신세를 지내는 동안 아이가 백혈병이란 걸 알았다. 아이가 아프다는 걸 뺑소니 사고가 알려준 셈이었다. 아이는 크리스마스를 맞아 교회에서 준 선물상자를 안고, 머리에는 천사 모자를 쓰고 사진을 찍었다. 아이가 간 뒤 모든 것을 버렸지만 그때 같이 받았던 카드는 아직 갖고 있다. 이국의 요정이 날개를 달고 찾아와 하트를 선물하는 그림이 그려져 있었다. 그래서 아이는 엄마와는 이별했지만 다른 세상에서 여자친구도 만났고 사랑도 알게 되었을 거란 생각이 들었다. 그녀는 원래 가을을 참 싫어했다. 비극을 보는 것 같았다. 사춘기 무렵부터 가을을 싫어했다. 얼른 겨울이 와서 이 모든 허무를 덮어버렸으면 했다. 크리스마스카드 안의 요정은 비극을 덮어주는 소망같이 느껴졌다. 아이가 떠난 계절도 가을, 그녀에게 크리스마스카드의 요정과 요정의 나라를 제외하고는 세상이 모두 적으로 보였다. 왜 이런 일이 일어난 걸까. 그녀는 고통스러웠지만 모든 기억을 지워갔다. 그녀는 '우리'를 지웠다. 아이와 이별한 해, 그다음 해, 차차 모두와 이별하기 시작했다. 이십 년을 같이 살던 가족, 이십 년을 같이 산 사람과 헤어졌다. 그 헤어짐은 더불어 다른 작별을 불러왔다. 결국 그녀의 세월과 인연 모두와 결별했다.

먼 곳으로 도망 왔다. 먼 곳으로 도망 오는 날 터미널에서 그녀는 공황장애를 겪었다. 터미널로 오는 전철부터였다. 전철 문이 열리자마자 떠밀려 나온 그녀는 바닥에 주저앉았다. 지나가던 사람 몇이 얼핏 보았지만, 그저 지나쳐 갔다. 행인들이 모두 지나가고 다음 전철에서 문이 열리자, 사람들은 그녀를 귀찮아하기까지 했다. 그녀는 자신이 길을 막고 있는 것 같아 어떡해서라도 일어나려고 애썼다. 그때 그가 손을 내밀었다. 일어나 보니 그가 바퀴가 달려 달아나려는 여행 가방을 챙겨와 그녀에게 가져다주었다. 게다가 주저앉아 겨우 일어서는 그녀를 보더니, 승강기를 타는 곳까지 여행 가방을 끌고 같이 가주었다.

"승강기가 잘 되어 있어요. 최단 거리예요. 밖으로 나갈 수 있는 최단 거리. 이럴 때 이용해야죠."

승강기에 같이 탔고, 같이 내렸다. 밖으로 나오자 그녀는 한결 나았다.

"괜찮으신 거면 살펴 가세요."

그렇게 헤어졌는데, 이곳으로 오는 버스에서 둘은 다시 만났다. 눈이 마주쳤다. 가는 곳이 같다는 게 신기해서 둘은 웃었다. 그는 뒷좌석으로 갔고 그녀는 앞좌석에서 버스가 도착지에 되도록 빨리 당도하기만을 바라며 눈을 감았다. 눈을 뜨니 그가 뒤에서 웃으며 이야기했다.

"아직 안 좋으신 것 같은데 방향이 같으면 택시를 같이 탈까요?"

그녀는 그날 숙소로 갔고 그다음 날 그와 지금 이곳에 와서 그가 만들어준 달걀 덮은 볶음밥과 맥주를 마셨다. 그리고 그들은 그 날 밤을 지새우고 다음 날 아침, 같이 눈을 떴다. 그의 작업실이자 집인 그곳에서 전시회가 있었다. 나뭇조각들을 깎아 나무 인형을 만들었다. 평생 쓸 나뭇조각만 가지고 왔다는 그는 그곳에서 나뭇조각들을 서로 붙이고 떼어내고 다시 조금 더 깎아내면서 더 일 년을 지냈다. 어느 날 그녀가 일어나 보니 나무로 만들어진 마스크가 69개가 있었다. 그녀는 그에게 이게 다 무엇이냐고 물어보았다.

"우리 집에 온 69개의 행인이에요."

"난 그럼 행인 70인가요?"

"아니요, 제가 행인 70이에요."

그녀는 돌아가지 않았고 그가 만든 69개의 마스크에 이름을 붙이고 그 이름에 걸맞은 이야기 69편을 써보겠다고 생각했다. 그런 사이 일 년이 지났고 둘은 혼인신고를 했으며 시골의 정착지원금으로 받은 상품권 마흔 장으로 기타를 샀다. 그녀는 기타에 '외지인의 기타'라는 이름을 붙여주고 이곳에 오면 언제든 누구든 기타 연주를 할 수 있게 하겠다고 했다. 하지만 손님은 드물었고, 기타 연주를 해도 되겠냐고 묻는 손님은 더더욱 없었다.

그렇게 세월이 흘렀다. 그녀는 가끔 그 '시간'이라는 장소를 나와 폐교된 초등학교 운동장을 걷곤 했다. 폐교된 후 인적이 드문 곳이었는데, 언제부턴가 일요일 오후면 외국인 청년들이 와서 축구 시합을 했다. 땀을 뻘뻘 흘리며 공을 차는 청년들의 함성은 생전 처음 듣는 말이었다. 그날도 축구 경기를 하는 사람들을 피해서 걷고 있었는데, 그녀에게 축구공이 날아왔다. 그 자리에 주저앉은 그녀의 이마 위로 식은땀이 흘렀다. 공이 날아오는 그 순간, 그녀는 시간이 멈춘 것처럼 느껴졌다. 피할 수 없는 불운은 꼭 자신에게 날아와 꽂힌다는 생각과 동시에 날아온 공은 그녀의 복부를 강타했다. 순간 통증을 느꼈지만 축구공과 거의 비슷하게 도착한 한 청년의 미안해하는 눈빛을 누그러뜨리며 옷에 묻은 흙을 대충 털며 말없이 자리에서 일어났다. 그 청년의 말을 알아들을 수는 없었지만, 뒤따라온 사람에게 괜찮은 것 같다고 설명하는 것 같았다. 그러고 나서 청년은 그녀에게 능숙한 한국말로 사과의 말을 전했다. 거의 현지인 같았다. 심지어 이 고장의 사투리까지 묻어 있었다.

"이거 죄송해서 어쩌지요. 어째 괜찮으세요. 미안하게 됐어요."

그녀는 대답도 하지 않고 돌아서 조심스럽게 발걸음을 옮기기 시작했다. 배가 욱신거렸지만 멈추지 않고 걸으며 생각했다. 지금 하늘에 있을 우리 아들도 여기에 있다면 저들처럼 축구 경기를 했을까. 지금 하늘나라에서 축구를 하고 있을까. 내 마음에서는 아이가 축구를 하고 있으니 내 마음이 하늘나라일까. 나는 이제 하늘나라를 더 꿈꾸긴 하는 걸까. 그렇다면 가슴에 묻은 내 아이는 하늘나라가 아니고 어디에 있는 걸까. 그러다가 그날을 떠올리고는 그날 안으로 들어갔다.

"넌 이제 어디로 떠나는 게 아니야. 하늘나라에 갈 건데, 하늘나라가 저 멀리 있지 않으니까 걱정하지 마. 넌 이제 내게로 오는 거란다. 내 안으로, 이 마음속으로. 내 가슴에 오는 거란다." 그러자 아이가 손을 놓아주고 편하게 눈감는 것을 보았기에 그녀는 자신의 마음이 하늘이고 구름의 집이 되게 하겠다고 생각해왔다.

지금은 어떤가. 나는, 나의 가슴은 아이가 찾아와 다시 살기 편안하고 좋은 집인가. 그런 생각을 하고 있는데 축구 경기를 하던 사람들이 웅성거려 시선을 돌렸다. 아까 자신에게 다가와 괜찮냐고 묻던 청년이 쓰러져서 구르고 있었다. 허벅지가 아픈 건지 엉덩이가 아픈 건지 매우 괴로운 표정이었다. 잠시 후 일어난 청년은 다시 뛰기 시작했다. 축구를 끝낸 후 그들이 어디로 가는지 보고 싶었지만, 청년들 틈에 낀 그의 절룩이는 모습을 조금 더 바라보다가 그녀는 '시간'으로 돌아왔다. 그리고 아무 일도 일어나지 않는 적막한 시간 안에서 보고 듣는 것을 기록했다. 가끔 보이지 않고 들리지 않는 이야기로 발전하기도 했다.

*

'시간'은 남편이 작업실이자 공방이자 카페로 오픈한 곳이지만 손님은 거의 없었다. 남편은 뮤직바를 만들면 어떻겠냐고 아이디어를 내기도 했다. 기타 연주를 하거나 노래하는 청년을 알바로 구해보자고도 했다. 친구들을 초대해서 즐기는 클럽을 만들어보겠다는 것에는 찬성이었다. 지금 이대로라면 너무 심심할 것 같아서였다.

그러던 어느 날 꿈같은 일이 생겼다. 남편의 아이디어를 생각하던 무렵이었는데, 그날 저녁 청년이 들어왔다. 어딘지 낯이 익었다. 그가 나를 먼저 알아보았다.

"괜찮으세요?"

폐교 운동장에서 축구를 하던 그 청년이었다. 아르바이트하고 학업을 하느라 지친 학생들도 일요일 오후에는 '시간'에 모여 노래하고 연주하고 서로의 이야기를 나누기 시작했다. 그리고 비가 세차게 몰아치던 어느 날이었다. 중학생쯤으로 보이는 여자아이가 흠뻑 젖은 채로 들어왔다. 대강 물기를 털고 누가 요청한 것도 아닌데 기타 연주를 하며 노래했다. 여자아이는 자신을 요정이라고 불러달라고 했다.

요정이라는 그 아이를 분명히 어디선가 본 듯했다. 그리고 기억해냈다. 요정은 가슴에 묻은 아들 환이의 친구이며 여러 번 자살 시도를 해서 이 세상과 저세상을 다 아는 요정 인간이라는 것을 말이다. 상관없었다. 오히려 환이를 사랑해서 환이가 죽은 뒤에도 엄마에게까지 찾아온 친구이니 대환영이었다. 요정은 가만히 있는 남편에게 관심을 기울였다. 관심을 두게 되면 호감 아니면 혐오를 품게 되는지 요정은 그의 관심을 끌고자 노력했다. 문제를 일으키는 것, 그것이 그에게서 한 번이라도 시선을 받는 방법이었다. 그래서 한번은 거짓말을 했다. 아저씨 부인하고 가까이 지내는 남자가 자기한테 집적거렸다고. 그래도 그는 웃기만 했다. 그래서 다음엔 그 청년과 함께 온 다른 청년과 둘이 함께 그랬다고도 이야기했다. 그는 이렇게 대답했다.

"그런 이야기는 나한테는 해도 좋은데 다른 데 가서는 하지 마라. 네 말을 믿을 테니까. 그리고 다시 한번 생각해봐. 그때 네가 어디에 있었는지, 그가, 혹은 그들이 누구였는지."

그 아이는 그가 자기 말을 믿지 않는다는 것을 알았다. 그가 무심한 듯 물었다.

"넌 그 사람 혹은 그 사람들이 미워?"

그 아이는 고개를 저으며 말했다. "아니. 그 반대."

가출 소녀를 집으로 돌려보내야 한다는 것을 모르지 않았다. 그러나 그 아이와 함께 있는 게 좋았다. 환이를 기억하게 해줘서 좋았다. 어느 날은 환이로도 보였다. 어느 날은 정말로 환이를 기억하는 세계에서 온 요정으로도 보였다. 내가 정말 미친 것은 아닌지 의심이 들기도 했다. 미친 걸 남편이 알게 될까 봐 조심스러웠다. 어디서 왔냐고 부모님이 걱정할 텐데, 학교는 안 가냐고 물었어야 정상인 어른인데, 그러지 않았다. 그러는 동안 경찰이 찾아왔고, 남편은 사실대로 털어놓았다. 아내가 적적해서 그런지 소녀와 잘 지내고 있지만, 자신은 잘 모르는 일이라고 했다.

"몇 번 말을 붙였는데 그냥 먼 산을 보면서 못 들은 척하길래 버르장머리 없는 녀석이네 했는데, 귀에 이어폰을 꽂고 있더라고요. 무선이어폰."

"저희도 그 아이가 어디서 왔는지, 이 동네에 정확히 언제 왔는지는 모르지만, 오래되었어요. 근데 보청기를 끼고 있고 보청기를 안 끼고 있을 때도 있는데 소리를 잘 못 듣는다고 그래요. 근데 사모님이랑은 어떻게 잘 지냈다는 건지 모르겠네요."

"요정이라는 그 아이가 그린 그림을 아내가 보더니 자기도 그림을 그리더라고요. 그림과 그림으로 서로 소통하는 거였습니다. 아무튼 아내가 그림을 그리는 게 반가웠어요. 그리고 아내도 요정도 나름 그림이 특이하고 뭔가 놀라게 하는 데가 있었지요."

"그 아이가 처음 여기 온 게 언제였나요?"

"글쎄 그게 언제였더라. 아, 그때였네요. 밥을 먹은 뒤 산책하러 간 아내 대신에 설거지를 하고 있었거든요. 아내는 손에 습진이 낫지 않아 설거지는 내 몫이죠. 아내는 마른 일, 나는 젖은 일, 이렇게 분담된 지 오래되었어요. 저녁 설거지를 하는 동안은 나 역시 노동요처럼 귀에 이어폰을 꽂아요. 그래서 그사이에 그 아이가 들어온 것도 몰랐는데… 산책하러 갔던 아내가 돌아온 줄 알았어요. 문을 닫은 상태였으니까. 어떻게 들어왔을까요? 갑자기 궁금해지네. 그런데, 그 여자애가 나를 뻔히 바라보고 있는 거예요. 뒤를 돌아보니까. 식탁에 앉아서. 너무 자연스러워서 나중에야 놀랐고, 그 순간은 마치 그 여자애가 우리 집 식구인데 누구였지? 하고 기억해내려고 할 정도였지요."

"그 아이가 뭐라고 불렀나요? 아님, 뒤에서 톡톡 두드리거나. 그런데 왜 돌아보신 거예요? 설거지하다가."

"그러게. 뒤가 이상했어요. 말씀을 듣고 보니 뒤가 이상해서 뒤를 돌아본 거예요. 아무도 소리를 내어 부르거나 나의 어깨를 두드리거나 옷깃을 건드리지도 않았거든요."

*

다음에 일어난 일은 아무에게도 이야기하지 않았다. 어둠 속에서 문득 인기척을 느끼고, 누구냐고 하면서 그 아이한테 다가갔는데 아이가 갑자기 나에게 입을 맞췄다. 고무장갑을 끼고 손이 젖어 있어서 뒤로 물러나기만 했는데 그 애가 허리를 꼭 안았다. 그리고 누군가 들어왔다. 동네에 사는 외국인 청년이었다. 청년은 아무것도 못 보았다는 듯한 표정으로 서 있었다. 요정이라고 불린 그 여자아이가 뒤를 돌아보고는 청년 옆으로 가더니 청년의 얼굴과 내 얼굴을 번갈아 바라봤다. 그러고는 나갔다. 그때 아내가 들어왔다.

"오늘 저녁부터 우리 집에 와서 기타를 연주해달라고 내가 부탁했어요."

아내의 말에 청년은 머뭇거렸다. 내가 나가라고 하면 언제든지 나가겠다는 표정이었다. 방금 전 여자아이와 있었던 상황을 청년

정령들의 춤

이 묵인해준 꼴이 되었으니 당황스럽기도 하고 하여튼 심경이 복잡했다.

  아무 일도 없었다는 듯 음식물쓰레기를 들고 나와 분리수거함에 버리고 돌아서는데 여자애가 나를 지켜보고 있었다. 이때 일련의 이야기는 경찰공무원인 그 사내에게 다 말하지는 않았다. 쓰레기를 버리고 돌아오니 청년이 기타를 연주하고 있었다. 유리문 밖으로 밤하늘에는 붉은 달이 걸렸고 쓰레기장 앞에서는 여자아이와 아내가 춤을 추고 있었다. 아내가 웃으면서 그 아이와 같이 춤을 추는 모습이 좀 어이없었다. 여기서 나만 외톨이인가. 그래도 명랑한 아내와 방문객들이 재밌었다. 나는 다만 내 작업에 몰두하며 그들이 기타를 연주하든 춤을 추든 상관하지 않았다. 아내하고만 대화하는 어린 여자아이, 그리고 역시 아내와 더 친근하게 인사하는 외국인 청년들은 애들이고 나는 어른이다. 가끔 청년들이 모여서 담배를 피우거나 차가 오는데도 길을 막고 서 있거나 하면 어른의 처지에서 눈총을 주거나 한마디는 했다. 욕을 다 알아듣지만 못 들은 척하는 것 같았다.

  아내는 그런 나에게 실망하는 표정을 지었다. 그래도 할 수 없다. 주의할 일은 주의해야 나중에 탈이 나지 않는다. 나는 어른이잖아, 이렇게 말하면 아내는 그럼 나는? 하고 묻는다. 쪼끔 어른. 이렇게 말해주었다.

  그런데 어느 날이었다. 아내가 엎드려 있었다. 왜 그래, 어디 아프냐고 물으니 배가 아프다고 한다. 밥 먹은 게 소화가 안 되냐고 했지만 그게 아닌가 보다.

"축구공에 맞았어."

그녀의 말에 웃었다.

"애들 축구공에 맞은 거야?"

그녀는 고개를 저었다.

"어른 축구공에 맞았어."

이상한 여자애가 그때 다시 들어왔다.

"아까도 왔었어. 이상한 애야."

"이상하긴 뭘 이상해. 그냥 어린 여자아이일 뿐인데. 딱 봐도 초등학생 같은데."

아내의 말에 다시 찬찬히 보았다. 키가 좀 작고 표정은 애 같아도 저렇게 성숙한데 초등학생이라고?

아내는 그 여자애에게 가서 뭐라고 이야기를 나누더니 나더러 달걀볶음밥을 한 접시 해달라고 했다. 오늘 밤 술 한잔하고 새벽에는 아내와 좋은 시간이라도 갖고 싶었는데 불청객이 왔다고 생각했다. 그런데 밥을 먹은 아내는 그 여자애랑 같이 자겠다고 했다. 이해가 가지 않아 아내에게 물었다.

"같이 자겠다니, 그게 무슨 말이야?"

"애가 참 독특해. 이상해. 대화하다 보면 우리 환이도 생각나고."

아내는 요정이 등장하는 동화를 쓰고 싶다고 했다. 그리고 거의

다 구상을 했다며 짤막하게 들려주었다.

"소녀는 해파랑길을 따라 걸어왔어. '시간'이라고 적힌 카페로 들어갔지. 카페 주인은 설거지하고 있었고. 벽에는 주인이 만든 것 같은 나무로 된 인형, 나무로 된 가면이 있었어. 마스크. 저 마스크를 쓰고 인형들과 이야기하고 춤추면 좋겠다고 생각하다가 잠이 들었어. 소녀는 어쩌면 죽고 싶어 했던 아이였는지도 몰라. 오디션 같은 데 떨어지고 사람들한테 이미 상처받은. 그래서 동화 속으로 들어오고 싶은. 이곳이 소녀에겐 동화 같은 곳인지도 모르겠어. 그런데 난, 그저 소녀를 환의 친구라고 생각하고 싶었지. 가출한 아이인데 신고도 안 하고. 아주 많이 잘못될까. 이러다가 말이야. 난, 사실 소녀보다 우리가 더 걱정이야. 저 아이가 우리를 다 미치게 할 것 같아."

아내는 이미 미친 것 같았다. 소녀와 친하게 지내는 우리 집에 드나드는 모두가.

*

아직은 5월 말이었지만 기후변화는 한국도 예외가 아니어서 이미 한여름 날씨처럼 더웠다. 일요일 오후 뙤약볕에서 축구 시합을 하던 청년들은 더위를 참지 못해 바다로 갔다. 사실 지난 주말에 허벅지와 엉덩이를 심하게 다친 동료가 며칠 지나도록 낫지 않아 축구보다는 수영이 좋을 것 같았다. 그들이 찾은 곳은 관광객은 물론 현지인도 잘 모르는 큰 바위 뒤편의 호젓한 해변이었다. 수심이 깊은 편이어서 위험하기는 하지만, 자유롭게 놀기에는 좋았다. 현지인들의 눈을 의식할 필요가 없어서 외국인 청년들에게는 더더욱 좋았다. 외국인 청년들은 수영팬티만 입고 다이빙을 하며 자신들의 자유를 즐겼다. 아무도 없는 바닷가에서 놀다 보니 네팔의 청년들 말고도 아프리카 케냐에서 온 청년들도 합류하였다. 그들은 훨씬 더 힘이 좋았고 날랬다. 그들 주변 어디에도 현지인은 보이지 않았다. 그런데 늦은 오후, 갯바위에 한 여자가 양산을 쓰고 앉아서 그들을 바라보고 있었다. 청년들은 여전히 순서대로 다이빙을 하고 있었는데, 그 순간 여자의 양산이 바람에 날려 바다에 빠진 것을 한 청년이 보았다. 폐교 운동장에서 축구를 하다가 다쳤던 그 청년이었다. 청년은 양산의 주인공이 자신의 공을 맞은 그 아줌마라는 사실을 알지 못했고, 여자 또한 자신의 양산을 향해 수영하고 있는 청년이 자신의 배를 축구공으로 맞추었던 그 청년이라는 것을 알지 못했다. 그때 그 일이 우연이었듯, 청년이 바람에 날려 바다에 빠진 양산을 보게 된 것도 우연일 뿐이었다. 양산은 파도를 따라 흘러가고 있었다. 청년은 허벅지가 아팠지만 수영엔 문제가 없었다.

  떠내려가는 양산을 향해 청년이 수영을 계속했지만, 양산은 잡힐 듯 말 듯하다가 파도에 휩쓸려 점점 더 멀어졌다. 청년은 포기하지 않고 계속 양산을 따라 수영하다 잠시 멈추었다. 더 가다가는 돌아가지 못할 것 같았다. 뒤를 돌아보았다. 같이 온 친구들은 자신을 보지 못하고 여전히 놀고 있었다. 오직 여자만이 그 청년을 보고 있었다. 청년은 양산을 향해 다시 힘차게 수영하기 시작했다. 여자는 어느 순간 저 멀리 시야에서 사라진 양산과 청년을 찾으려 두리번거리다가 현기증을 일으키며 정신을 놓았다. 얼마나 흘렀을까, 정신을 차리고 보니 청년이 와 있었다. 손에는 날개가 부러진 양산을 들고 있었다.

그 후, 이상한 일은 또 있었다. 어느 날인가는 그녀가 해변 가까운 얕은 바다에 튜브에 몸을 맡긴 채 휴식을 취하고 있었는데, 자기도 모르는 사이 깊은 바다까지 파도에 떠밀려 간 것이었다. 그녀의 남편이 몇 가지 짐을 가지러 주차장에 간 사이에 벌어진 일이었다. 남편이 돌아왔을 때는 이미 너무 멀리 떠내려간 상태였고, 이를 본 남편은 당황했다. 구명조끼를 입고 남편은 물속으로 뛰어들었는데, 남편보다 동작이 빠른 것은 이번에도 그 청년이었다. 중간에 지친 남편과 달리 청년은 끝끝내 그녀를 구해 남편에게 무사히 넘겨주었다. 그녀는 고마워서 친구들과 식사하러 오라고 아니면 차라도 한잔하러 꼭 오라며 청년에게 명함을 건네주었다. 청년은 '시간'이라고 이름과 주소가 적인 명함을 앞뒤로 살펴보더니, "친구들과요?" 하고 되물었다.

"네. 우리 집엔 두 식구뿐이고 손님도 별로 없어서. 오겠다고 하는 날 점심이라도 대접하고 싶어요."

청년은 기타를 연주하고, 청년의 친구들은 노래를 불렀다. '시간'의 주인 내외는 청년들에게 계란볶음밥을 대접했다.

그날 이후, 청년의 기타 연주를 듣기 위해 사람들이 오곤 했다. 소도시와도 조금 떨어진 시골인 이곳에서는 대부분의 식당이 점심 장사만 하고 저녁에는 문을 닫았다. 청년들은 자신들의 식당 아르바이트가 끝나면 마을에 유일한 7번 버스를 타고 숙소로 돌아가야 했는데, 이제 숙소로 돌아가기 전 자신들끼리 이야기를 나눌 수 있는 곳이 생긴 것이었다. 시간의 주인이 만들어놓은 밥을 야식으로 먹기도 했고, 시간의 주인이 만들어놓은 오미자차를 마시기도 했다. 술은 친구 중에 생일이 있거나 할 때 마시기도 했으나 늘 마시는 것은 아니었다. 청년은 기타를 연주하면서 가끔 이야기를 풀어놓기도 했다.

청년이 기타를 연주하면 친구들은 '시간'의 주인이 인형을 만드는 데 쓸 재료들이라며 산에서 주워 온 나뭇가지를 잘게 쪼갠 것들을 꺼내놓곤 했다. 공장에 다니는 친구, 식당에 다니는 친구들은 그렇게 이곳에서의 예술 활동을 함께했다. 기타가 흐르는 '시간'은 손이 움직였고 가끔 몇몇 친구들의 옛날이야기를 들으며 깊어져갔다.

'시간'에는 외지인이 많았다. 현지에서 살고 있지만, 아직 소통하기에는 어려운 사람들이었다. 그들의 말은 잘 들리지 않았고 그들의 이야기에 대부분의 현지인은 침묵했다. 그들은 그들 나름의 행복한 시간이 필요했다. 그들은 아픈 이야기를 할 때면 '시간'에 걸려 있는 인형 마스크를 쓰기로 했다. 그 '시간'이라는 장소에는 모두 예순아홉 개의 마스크가 있었고, 아직 만들어지지는 않았지만, 만들어질 수도 있는 나뭇조각들이 쌓여 있었다. 숲에 썩어가는 나무를 가져와 얇게 썰어놓은 것들이다. 나무 인형들의 옷은 썩은 잎, 검은 잎으로 만들어졌다. 어쩌면 아무도 찾아오지 않는 '시간'은 이미 만들어지고 만들어질 인형과 마스크로 외롭지 않았을지도 모르겠다. 그런데 얼마 전부터 청년이 오고 기타를 연주하고 그 기타에 몸을 흔들고 손뼉을 치며 귀를 기울이는 친구들이 찾아오면서 그 마스크들은 비로소 주인들을 찾았는지도 몰랐다. 마스크를 쓰면 그들은 자신들이 두고 온 이야기, 들어온 이야기를 꺼내놓곤 했다.

청년은 기타를 연주했고 그 줄이 튕기는 멜로디는 '시간' 속 그녀를 흔들었다. 청년과 그녀 사이의 교감을 알아본 것은 다시 찾아온 요정이었다. 가출했다고 밝힌 어린 소녀를 요정이라고 부른 것은 사실 그녀였다. 그녀가 청년에게 마음이 흔들린 것을 알아챈 요정은 그녀에게 물었다.

"아주머니와 저 같은 요정들은요 사랑에 민감하죠. 요정끼리니까 물어보는 건데, 기타맨과 사랑하셨지요?"

청년의 기타를 안고 줄을 튕기고 있던 그녀는 요정이 말하는 뜻을 알아들었다. 요정은 현실을 보는 아이가 아니었다. 청년은 외로웠고, 청년에게 그녀는 자꾸만 외로운 영화 속에 뛰어든 연인이 되었다. 그녀는 청년의 상상을 느꼈고, 자기가 훔쳐본 그 상상을 요정도 보고 있다는 것이 웃겨서 그냥 웃었다. 그런데 요정은 약간 질투 나는 표정을 지으며 덧붙였다.

"아저씨도 알고 있어요. 그런데 아저씨가 질투하지 않네요."

"너는?"

"난 아저씨와 사랑하고 싶어요."

그 말에는 그녀도 웃을 수는 없었다. 요정이 말하는 사랑은 상상의 사랑이 아니니까.

"너 사랑이 뭔지 알아? 지금 몇 살이지?"

그녀와 그는 얼른 파출소에 전화하지 못한 걸 후회하는 중이었다. 일이란 것은 하찮은 것 같아서 놔두면 이상하게 꼬이는 경우가 많았다. 요정과는 상상으로는 서로를 이해하지만 현실 속에 너무 불쑥 들어온 경우였다. 그녀는 요정에게서 자신의 떠나버린 아들을 떠올렸다. 그 아들은 늘 가슴속에, 상상의 시간 속에 있었는데, 어느 날부터 희미해지더니 더 이상 떠오르지 않았다. 그녀는 가슴속이 맑아야 보이는데 자신의 마음이 탁해져서 더는 보이지 않는 것으로 생각하였다. 가출 소녀라도 잠시만 같이 있고 싶었다. 아이가 스스로 떠날 때 떠나더라도 일부러 보내고 싶지는 않았다. 물론 그녀는 자신의 욕심이 언제나 화를 키웠다는 것을 알고 있었다.

그 동네엔 외국인이 많이 살았다. 외국인들은 현지인들이 장사하는 식당에서 허드렛일하는 아르바이트 풀이 되었다. 그들이 없으면 이 동네와 이 동네와 가까운 소도시는 문을 다 닫아야 할지도 모른다. 한번은 추석 당일에 고깃집이 열었길래 그녀는 신기해하며 들어간 적이 있었다. 식당 안에는 외국인들이 모여 점심을 먹고 있었다. 해장국 같은 것이었다. 주인 말로는 잘 먹이고 잘해주니까 추석에도 어디 안 가고 일을 해준다고 했다. "갈 데도 없고 하니 추석이라도 같이 지내면서 문 연 거죠, 안 그러면 기숙사에 들어가야 하잖아요." 기숙사나 숙소에서는 오늘 같은 날 밥을 얻어먹을 일도 없을 것이다. 그때 그녀는 생각했다. 우리 집을 외국인이 드나드는 가게로 해야겠다. 밥도 집밥처럼 푸짐하게 먹이고 값도 싸게 받아야겠다. 그리고 우리 집에 와서 기타도 연주하게 하고 오래되었지만 아직 쓸 만한 낡은 피아노도 연주할 수 있게 해야겠다고 생각했다.

그 후 많은 외국인이 드나들었다. 그런데 어느 날부터 기타를 연주하는 청년의 친구들의 발길이 점점 뜸해졌다. 알고 보니 그들은 야심한 시간에 돌아다니지 못하게 되어 있었다. 외지인들이라 아무래도 자유롭게 행동하는 데 제약이 있었다.

"그래도 스트레스도 풀고 친구들도 만나고 할 장소는 있어야지. 우리 집을 그렇게 쓰면 안 될까? 일 끝내고 우리 집에 와서 책도 읽고 술도 한잔하고 수다도 나누고, 주말에는 같이 한밤의 무도회도 하고 말이지." 그녀의 이상한 말을 청년은 알아듣지 못했다. 그녀는 다시 말했다.

"우리 집엔 피아노, 기타, 그리고 춤이 있어. 또 기대하시라… 춤을 추는 요정이 있지." 청년들은 웃으며 손가락으로 그녀를 가리켰다.

"당신이 요정? 으하하. 맞아요. 귀여우신 게 요정 맞으시네요."

"내가 불러낸 작은 요정이랑, 듀엣이야. 궁금하면 놀러 와."

며칠 후 그녀는 추석 연휴가 길어지는데 청년들이 갈 데가 없다는 것을 알고 '시간'에 의자를 모두 치웠다. 그들과 무도회를 열고 무도회가 끝나면 함께 돗자리를 펴고 잘 생각이었다. 무도회는 가면무도회. 마음에 드는 가면을 쓰고 춤을 추자고 했다. 집에 와서 요정에게 말했다. 작은 요정은 너무 좋아했다. 그녀의 남편은 지금이라도 취소하라고 난리였다. 그는 아내가 기타를 연주하는 그 청년을 좋아하는 것을 알고 있었다. 그러나 그보다 아내 옆에 있는 작은 요정이라는 그 여자애가 두려웠다. 무슨 큰일을 내고야 말 것 같았다. 그는 아내와 기타를 연주하는 청년이 즐거워하는 모습이 보기 좋았다. 우울증과 무력증에 시달리던 아내가 행복해 보였기 때문이다. 청년 덕분이라고 생각하자 그는 청년을 미워할 수가 없었다. 그리고 그도 청년의 기타 소리를 좋아했다. 그도 이십 대에는 밴드에서 기타를 연주했던 실력이었다. 그러다 보니 집에 기타도 있고 낡은 피아노도 있었다. 하지만 그는 이젠 듣는 게 취미라고 생각하고 있었다. 무엇이든 덜 애를 쓰며 살고 싶었다. 즐기는 것, 즐기는 사람을 보는 것이 지금의 나이에 걸맞다고 생각했다. 아무튼 청년이 싫지 않았다. 그리고 사실은…. 그도 청년을 좋아했다. 청년을 보면 청년 시절의 자기 모습이 떠올랐다. 마치 자신의 한 조각이 아내와 이야기하고 있고 아내와 노래하고 있고 아내와 고개를 맞대고 있다는 생각이 들었다.

그리고 세상을 떠돌던 요정은 그 집을 떠날 수가 없었다. 자신에게서 일어난 일들은 쓰레기 봉지에 담아 버리듯 아무 기억도 남지 않았다. '시간'에서 만난 아줌마와는 행복했다. 그런데 아저씨는 그렇지 않았다. 자신을 보는 것도 마땅치 않아 했다.

"아저씨가 문제야. 저 나이 먹은 아저씨."

그렇게 아저씨를 관찰하던 요정은 언제부턴가 아저씨가 좋아졌다. 아저씨가 만든 가면들이 좋아졌다. 매일 밤 요정 소녀는 아저씨가 만든 가면과 사랑하는 꿈을 꿨다. 하지만 정작 아저씨는 멀리 있었다. 다가가려고 하면 저 멀리서 그의 아내를, 그의 아내가 사랑하는 자신을 닮은, 그러나 타인인 외국인을 바라보고 있었다. 심지어 행복하게. 요정은 아저씨에게 춤을 가르쳐줘야겠다고 생각하면서 기회를 보느라 이 '시간'을 떠나지 못하고 있었다. 그런데 갖고 나온 돈이 다 떨어지기 시작했다. 돈이 필요했다.

청년은 부자였다. 집에 돈을 부칠 필요가 없게 된 2년 전부터 그는 돈을 그저 갖고만 있었다. 청년은 좌절하느라 시간을 허비했지만 돈은 모였다. 돈을 넣은 항아리를 안전한 곳에 두고 싶었다. 그런데 어느 날 항아리의 뚜껑이 삐딱하게 닫힌 것을 보게 되었다. 이 시간에 누구일까.

*

나는 동네 사람들과 술 한잔하며 가까이 지내고 싶었다. 저녁에 한번 술 한잔하자고 하여 날을 잡아 만나기도 했다. 가까운 족발집에서 부동산중개소 김 사장과 만났다. 카페를 팔면 조금 더 좋은 입지에 나온 매물을 구할 수 있을지 물어보고도 싶었다. 그런데 김 사장은 계속 자기 이야기를 했다. 술이 들어가서 그런 것인지, 그냥 이야기를 좋아하는 것인지 알 수 없었다. 대체로 여기 사람들이 이야기하기를 좋아한다는 생각이 들었다. 그리고 나에게도 문제가 있다는 생각이 들었다. 내가 하는 이야기가 과연 김 사장에게 흥미로울까, 김 사장의 이야기는 그렇다면 내게는 흥미로운가 돌아보게 되었다. '반응 고장'이란 말을 텔레비전에 나온 어떤 젊은이가 하는 말을 듣고 재밌는 말이란 생각이 들었었다. 그래, 리액션이 고장 난 걸까, 김 사장의 이야기는 지루했고, 가끔 내가 이야기하면 김 사장은 침묵했다. 그리고 다시 김 사장이 이야기했고, 나는 조금 화가 났다. 그리고 혼자 생각했다.

'이야기하는 것도 피곤하구나. 아니, 이야기 듣는 게 참 힘든 거구나.'

얼마 안 되어 김 사장은 후배들에게 전화가 와서 가봐야 한다고 했다. 따라갈까도 생각했다. 그러나 거기서 내 자신이 어떤 존재가 될지 뻔히 눈에 보였다.

현실은 녹록지 않다. 인간은 진화해서 이만큼 이루었지만, 더 진화하기는 힘들겠다. 그런 생각도 했다. 그때 집에 가출 소녀라는 이상한 여자아이가 오고, 외국인 청년들이 드나드는 일이 벌어졌다. 이곳 사람들의 눈에는 정말로 이상할 것이다. 이곳이 여기가 아니고 지금이 아니라면 좋겠지만 여기는 '익명성'을 유지하기는 좀 힘든 마을이다. 집에 가서 인형을 좀 더 만들고 마스크를 좀 더 보완해놓아야겠다는 생각이다. 그 '시간'은 다르니까. 아내가 원하는 장소인 '시간'이 차라리 팔리지 않기를 바랐다. 그저 소소히 작업하다가 기회가 된다면 전시도 하면서 조용히 살다 가자는 생각을 했다. 그리고 이제 하나가 더 늘었다. 아내는 알고 지내는 사람들과 가끔 파티를 열면서 그 '시간'을 즐겼으면 그렇게 모두 즐겁게 살면 좋겠다고 했다.

"우리는 우리의 몸을 대지로부터 한 발 띄우는 거야. 우리는 오 센티미터만 높아져서 그 공중의 무대에서 춤추고 노래하는 거야."

아내의 말을 생각해보니 그럴듯했다. 그러나 아무래도 치안이 걱정이라는 이곳 현지인의 말과 가출 소녀의 등장이 자꾸 겹치며 괴롭혔다. 무슨 나쁜 일이 벌어질 것만 같았다. 그리고 그게 순전히 자신의 발상 때문인 것 같았다. 자유로운 장소 카페 '시간'.

*

 청년은 집에 돈을 부치지 않았다. 대신 항아리에 돈을 숨겨두었다. 그 항아리에서 푼돈이지만 요정이 몰래 가져가고 있는 것을 청년은 진작 알았지만 모른 척했다. 돈에 이름이 없듯이 돈은 필요한 사람이 쓰면 된다. 청년에게는 무엇보다 사랑하는 사람과 헤어진, 가족 상실이라는 아픔이 있다. 임신한 아내가 병에 걸려 죽었을 때, 청년은 모든 것을 잊기 위해 이곳에 왔다. 아내의 유골을 히말라야에 뿌리고 이곳으로 왔다. 청년의 그런 이야기를 '시간'의 그녀에게 처음 털어놓았다. 그녀는 기타를 퉁기며 노래할 때 아픔이 있을 거로 생각했다며 청년을 안아주었다. 자신의 가슴에 그녀의 가슴이 닿았을 때 청년은 눈물이 핑 돌았다. 아내가 살아 돌아온 것 같았다. 순간 청년은 그녀에게 입을 맞추었다. 그녀는 뿌리치지 않았다.
 청년은 그녀의 남편이 알면 어쩌나 걱정이 들기도 했지만, 아니 모를 거라며 스스로를 안심시켰다. 그녀가 물었다.
 "이름은 어떻게 돼요? 뭐라고 부를까요?"
 "부르고 싶으신 대로 부르시면 어때요?"

"그럼, 하트라고 할게."

*

 카페에는 이제 제법 많은 사람이 북적였다. 아무나 와서 기타도 치고 그림도 그리고 쉬다 갈 수 있게 했기 때문인 것 같았다. 기타를 치고 노래하러 오는 단골손님도 생겼다. 그는 이곳이 원래 자기 땅이라고 얘기했다.
 "중앙시장 터 절반이 모두 우리 땅이었어요. 어린 시절 새엄마가 들어와 집에 살기 싫어서 고향을 떠났다 돌아와보니 우리 땅은 이복동생들의 유학비로 다 쓰이고 없더라고요."
 부부는 이 새로운 단골에게 '돌아온 원주민'이라는 이름을 붙였다. 돌아온 원주민을 따라 다른 원주민들도 하나둘 '시간'에 모이기 시작했다. 원주민들이 외지인에게 기타를 배우고 때로는 협연하면서 그야말로 행복한 '시간'이었다. 하지만 행복은 오래가지 않았다.
 행복한 시간을 깨뜨리고 경찰이 왔다. 경찰 옆에는 잘 차려입은 서울 여자가 서 있었다. 그 여자는 두리번거리며 이렇게 중얼거리고 있었다.
 "바다에 간다더니. 여긴 너무 썩는 냄새가 나네."
 경찰은 서울 여자에게 핸드폰 속 동영상을 보여주었다.

"나이는 열세 살. 초등학교를 졸업하고 중학교는 입학만 하고 출석은 하지 않은 모양이더군요. 자기 인스타그램에는 고등학교 재학 중이라고 했지만요. 자, 보세요. 인스타그램에 올렸네요. 가면을 썼고 조명이 어두운 상태에서 춤을 추고 있어요. 그런데 시간이란 이 장소에 관한 이야기가 나옵니다. 이 여자아이의 인스타그램에요."

경찰의 수색으로 요정이 남긴 편지가 발견되었다. 편지에는 알쏭달쏭한 이야기가 적혀 있었다.

「난 매일 밤 춤을 춰. 그리고 사랑을 나누지. 처음엔 한 사람인 줄 알았어. 내가 만난 사랑은 하루에 한 번 70일을 같이한 사랑. 모두 다른 사람이었어. 분명한 것은 나는 사랑을 했고, 나는 한 사람 한 사람 모두 죽였고, 이제 나도 곧 죽을 것이란 이야기야. 고마워. 이 편지를 경찰이나 우리 부모보다 먼저 발견해줬으면 좋겠어. 그래서 더 복잡하게는 하지 마. 다 얘기해줄게. 여기선 연극이 가능해. 그게 좋았어. 가고 싶지 않아.」

아주 오래전, 이 동네에서는 전단을 주워 오면 어린이들에게 건빵을 주었다고 한다. 북쪽 나라에서 날아온 전단에는 치명적일 만큼 강력한 독이 묻어 있다는 소문 때문에 어린이들은 전단을 만질 때는 라면 비닐을 주머니에 넣고 다니다 라면 비닐을 장갑처럼 사용해 전단을 주웠다고. 또한, 이 독은 보기만 해도 죽을 수 있어 옆사람이 눈을 가려준 상태에서 집어 올렸더랬다고 한다. 그렇게 사십 년 정도 지나자, 이들은 보지 않아도 만지지 않아도 알 것은 아는 사람이 되어 있었다. 그 당신 선생님이나 리장님(이장님이 아니고 리장님)의 말이 거짓이었다는 것을 알면서도 사람들은 보지도 않고 만지지도 않고 상상하거나 들은 말을 믿거나 믿지 않는 사람들이 되어 있었다.

소문은 참 다양하고 무성하지만 정작 깊고 무서운 이야기는 아무도 하지 않았다. 사람들은 입을 꾹 다물고 있지만 옆구리를 쿡 찌르기만 하면 수다쟁이가 되기도 했다. 말을 안 하는 이유는 말을 섞게 되면 알지도 못하는 외부인의 생각에 혹시라도 영향을 받을까 봐, 그래서 새로운 사람이 되는 것이 싫어서 혹은 두렵기 때문이었다. 다른 사람을 끼워주는 일은 본인들도 변하는 일이기 때문이다. 그래서 여기 사람 누군가가 당신의 이야기를 그냥 듣고만 있다면 그 사람은 자기 안으로 더욱 단단히 파고드는 중이라고 생각하면 된다. 반대로 수다쟁이가 된 사람을 상대하려면 어떤 반응을 보여야 할까. 그런저런 생각을 하는 것이 싫어서 이 동네에 와서 나는 집에만 있었다. 나가면 남자들의 수다를 듣고 여자들의 침묵을 보며 이곳에 천천히 정착하는 중이었다.

나는 원래 서울 사람이다. 서울에서 태어났고 서울에서 자랐다. 그런데 연고도 없는 이곳에 어떻게 왔냐고 물으면 이곳에 대한 기억이 전혀 없는 것은 아니다. 오히려 꽤 인연이 있었다. 초등학교 시절 개포동으로 도농 교환학생으로 갔던 아이는 지금 개포동에 살고 있고, 그때 이곳 바닷가로 왔던 아이는 여기로 떠나왔다. 바다가 좋았다. 바다를 좋아해서 이곳에 사십 년 만에 온 소년이 바로 나다. 나는 이곳에 와서 아이들과 다니며 술도 마시고 배도 타고 죽을 뻔도 했다. 그 기억이 나를 다시 이리로 오게 했다. 그때도 나는 다른 세상 사람이었지만 나는 왠지 언젠가 이곳에 와서 죽었으면 좋겠다고 생각했다. 그때 나를 때리고 괴롭히던 놈은 죽어 화장해 바다에 뿌려줬다고 선생님께 들은 적이 있다. 그 친구를 괴롭힌 것은 나였다. 외지인이라고 욕을 하길래 촌놈, 하고 한마디했다. 그와 나는 바닷가에 나가 다이빙을 하면서 누가 더 강한지 내기를 했다. 그리고 파도에 떠밀린 그는 먼바다로 가버렸다. 우리가 먹고 마시던 술병도 바다로 떠내려갔다. 다음날 그 아이는 모래사장으로 다시 떠밀려 왔다. 나는 선생님과 그 아이를 화장해서 바다에 뿌려주었다. 그리고 서울로 돌아왔었다.

나는 이곳으로 다시 돌아올 수밖에 없었다. 그리고 아내가 함께 해주었다. 아내의 죽은 아이, 아내의 죽은 아이를 그리워하다 만난 요정, 그리고 외국인 청년들, 그들의 이야기는 어디까지나 상상이다. 조금이라도 행복한 세상이었으면 하는 바람, 이제 이곳을 떠나 다른 곳으로 가고 싶지 않아 만든 이야기이다. 내가 아니고 아내가. 아내의 이야기를 훔쳐보며 그 세상에서 아내를 데려오기 위해 만든 이야기. 나는 아내의 상상을 바라보며 아내가 그려낸 모든 사람이 내게도 있음을 아니, 내게서 비롯되었음을 보았다. 그리고 즐거웠다.

오늘 우리는 이곳에서 작은 전시회를 열었다. 나무로 만든 나무인형 전시회. 청년과 요정과 아내가 전시오프닝 공연으로 자작곡을 연주하고 노래하고 있다. 청년은 기타를 연주하며 노래하고, 그런 청년에 맞춰 피아노 반주를 하는 아내는 사랑스럽다. 신발을 벗어던지고 초록 양말만 신은 채 춤을 추는 소녀의 모습은 정말로 숲에서 나온 날개 달린 요정으로 보인다.

시간은 잉크가 흐려지듯 이야기를 망각하게 했다. 적막한 시간이었다. 아내가 쓰레기통에 쑤셔 박아놓은 종이를 펼쳤다. 노래 한 장이 흘러나왔다. 그리고 아내의 편지 한 장도 나왔다. 구겨져 있는 것으로 봐서 굳이 내게 편지를 남겨야 할까 생각한 모양이었다.

요정을 데려다주고 올게요.
돌아갈 수 있을지는 모르겠어요.
오늘을 사랑하게 해준 당신 고마웠어요.
안녕.

붉은 달이 매달린

붉은 달이 쏟아내는 핏빛의 무대를 보았다.

북소리가 들려왔다.

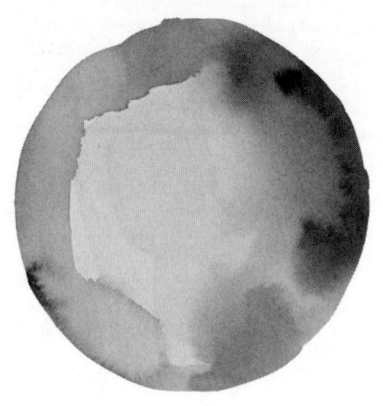

 시계탑은 시간이라는 신을 상징한다. 인류는 신을 탄생시켜왔다. 그중에서 극복하지 못한 시간을 신으로 승격화시켰고 탑을 쌓았다. 시간은 언제나 인간을 배신하고 끝내는 죽음을 맞이하게 하며 영원한 승리를 안겨주지 않는다. 그래서 왕은 시간을 위해 빌었다. 방문객은 시간과 상관없이 돌아다니는, 즉, 시간을 믿지 않는 무신론자이다. 방문객은 시간을 내려놓으면, 시간을 초월해서 시간 위에 피어나는 사랑이라는 신을 알게 된다며 그것을 찾으라고 소리친다. 그 신을 믿기 위하여 왕의 여자는 그에게 사랑이 되고 시간을 초월하기에 이른다.
 그날 밤 바람은 무섭도록 세차게 불어댔다. 마치 슬픔 가득한 곡

조를 품고 있는 것 같았다. 바람이 대신해서 방문객의 노래를 하는 것 같았다. 눈을 감으면 바람을 헤치고 오는 방문객의 노래가 들렸다.

> 나의 얼굴이 매달린 마을을 보았다.
> 마을의 가장 높은 곳에서 피떡 진 채 달려 있었다.
> 검은 바다에 붉은 달이 매달려 눈물 흘린다.
> 같이 돌아가자고 함께 춤추자고 노래한다.
> 나는 돌멩이처럼 바퀴처럼 굴러가리라.
> 나그네, 방랑자, 방문객, 또한 행인 되어 떠나리라.

이 이야기에 가장 어울리는 주인공 아닌 주인공은 방문객이다. 그는 주인공이 될 생각은 없었다. 그러나 주인공에 의해 희생되면서 역전된다. 그가 희생된 이유는 주인공에게 참을 수 없을 만큼 부러운 존재이기 때문이다. 결국 질투심으로 인해 비극을 맞는 인물이다. 방문객이 두려운 것은 관찰자의 시선으로 현지인들을 긴장하게 만드는 존재이기 때문이다. 어린 시절 담임 선생님의 가정 방문처럼 누군가가 집을 방문한다고 하면 우린 먼저 청소부터 한다. 더러운 것을 보여주고 싶지 않은 까닭인데, 방문객이란 더러운 것을 먼저 알아보는 존재일지도 모른다. 그리고 방문객은 자신이 방문한 장소에서 가장 아름다운 것만을 골라서 자신의 것으로 취하는 자이기도 하다.

지금부터 그 방문객을 만난 이야기를 하려고 한다. 아참, 방문객을 소개하기 전에 나는 이 이야기가 시작된 장소의 주인이며 왕이라는 것을 밝혀야 할 것 같다. 나는 궁핍하지 않고 생을 즐길 줄 안다. 세네카는 말했다. "가난이 힘겹지 않다는 것을 알 때 마음은 더 평온할 것이다."라고. 가난의 훈련은 생을 나만의 방식으로 즐기는 것을 체득하는 과정이다. 그것은 시인의 마음이다. 나는 시는 못 쓰지만 그저 가끔 붉은 달이 떠오르면 넋을 잃고 들려오는 소리를 듣는다. 듣는 자, 그러니까 나는 또한 시인이다.

*

나는 참수되어 몸이 없는, 내 죽은 얼굴을 보았다. 어느 큰 시계탑 위에 내 얼굴이 매달려 있었다. 교회 첨탑에 매달린 예수도 아니고 시계탑 위에 걸린 내 머리는 마치 탑이 자신의 몸이며, 죽은 자의 움직이지 않는 몸이 그 마을의 전설의 왕이라도 된 듯 세상을 내려다보고 있었다. 몸은 없었지만, 나는 시간을 알리고 사람들을 움직이게 하고 소리 내게 하고 춤을 추게 하고 노래를 부르게 하였다. 마을을 다스리던 왕이 시계탑의 몸 없는 얼굴의 왕인 나에게 항복한 이후 그곳은 나의 나라, 그러니까 몸 없는 얼굴의 왕의 나라가 되었다. 아침과 정오와 일몰 그리고 자정에 사람들은 자신들을 위해 그리고 나를 위해 춤을 추었다.

 오래전부터 꿈속에서 나의 머리가 매달린 것을 보았다. 어떨 땐 반대로 내가 머리를 매달고 있는 것을 보기도 했다. 그리고 그 매달린 얼굴이 나를 노려보는 순간 놀라 잠에서 깨어나기도 했다. 그날 아침도 너무 고단해서 침대에서 일어나지 못하고 있었다. 왜 이럴까. 아직 철들지 못한 어린애처럼 깨어나면 무서웠다. 무서워서 아팠다. 그래도 아침에 사과 한 쪽으로 요기를 한 후 카페에 앉아 노트북을 펼쳤다.

 나도 이 마을의 방문객 중 하나였다. 여행차 온 이곳이 좋아 정착하기로 한 것이다. 조기 은퇴자라고 보아야 할까. 이 마을 사람들은 농사를 지어도 저녁이 되면 쉬고, 하루 먹고 하루 사는 막노동을 해도 저녁이면 일을 마치고 어김없이 집으로 돌아간다. 귀가 후에 그들은 기타를 치기도 하고 색소폰을 불기도 한다. 여기는 다른 곳과 달리 시간이 많은 곳이다. 나는 오후가 되면 저녁이 될 때까지 커피 한 잔을 마시며 카페에서 노트북을 펴고 앉는다.

 맞은편 자리에 한 사람도 노트북을 펴서 자판을 두드리고 있었다. 그 사람이 쓰고 있는 것이 시나 소설이라면 나의 이야기와 내용이 공유되어 공동 창작되는 일이 생기면 좋겠다고 생각했다. 그렇다면 저 사람의 이야기 속에서 나는 방문객이 될 텐데,라는 생각이 들었다. 그렇게 그 사람이 쓰고 있을 소설을 상상해보았다.

 작가는 방문객일 가능성이 크다. 작가는 환영받는 존재로 보이나 결국 적당할 때 떠나주지 않으면 심하게는 죽임을 당할 수도 있다. 그걸 알아차리고 작가들은 요절하는지도 모른다. 나는 그의 눈에서 분노를 보았다. 한편 공포도 보았다. 그는 자신의 분노가 욕망을 낳았을 뿐, 욕망은 그 분노를 충족시키지 못하며 공포만이 그 욕망의 배고픔을 채워주는 길을 열어준다는 것을 알았다. 이제 그는 분노는 망각했으며 욕망에는 무디어졌고, 공포만이 숨을 쉬게 했다. 그에게는 의심도 공포, 행복도 공포, 알 수 없는 불행, 뻔한 불행 모두 공포였다. 그가 두렵지 않은 것은 공포의 이유가 충분하다는 것을 알아내고 곰곰이 씹어 삼키는 동안의 자기 망각뿐이었다. 그래서 그는 소설을 썼고, 그것이 그를 자기 수명보다 오래오래 살게 해주는 게 아닐까? 스스로 생각하고 있었다.

 아내가 말을 하지 않는다. 아내는 말을 하지 않는 것만이 아니다. 내게 눈길도 주지 않는다. 눈길뿐 아니라 어떠한 길도 열어주지 않는다. 그녀에게 길이 열리지 않으니 나는 그녀에게 갈 수 없다. 하지만 멀고도 먼 그녀는 너무나 아름답다. 그녀는 그 아름다움을 나에게 줄 수 없다는 것일까. 대체 무엇 때문에 나와 결혼까지 해서 점점 더 화석이 되어가는 것일까. 사실은 아내는 살아 있는 것이 아니라 이미 죽어 있는 것인지도 몰랐다. 살아 있는 척하며 나를 괴롭히고 있는지도 몰랐다. 아내의 카톡 프로필에 적힌 문장을 보았다.

「먼 길을 이제 마치니.」

 무슨 뜻일까? 먼 길이라니. 마친다니. 지금 마친 모습이어서 저렇게 부동자세로 살아가고 있는 것인가. 아니면 이제부터 정말 무언가 마치겠다는 예고인가. 아내의 먼 길이 어디일까부터 천천히 떠올려보았다.

 아내는 나의 여자가 아니었다. 우리 집에서 가장 잘나가는 동생의 애인이었다. 외교관이 되어서 외국에 나가서 살겠다고 우리와는 단절하고 싶어 하는, 우리 집에서 가장 잘나가는 우리 엄마의 아들은 불행히도 우리 집 식구 어느 누구의 소망도 이루어주지 못하고 사라져갔다. 그는 외무고시에 합격하고 우리에게 결혼까지 생각한다는 여자를 소개한 며칠 후 교통사고로 쓰러졌다. 엄마는 식물인간이 된 그를 일 년 동안 놓아주지 않았고, 엄마가 지친 후에도 동생의 애인은 병실 앞에서 움직이지 않고 있었다.

 동생을 화장하고 나서, 나중에 나의 아내가 된, 동생의 애인은 그가 바다로 돌아가고 싶어 한다며 동행을 부탁했다. 저녁 무렵 도착한 바다에는 붉은 달이 걸려 있었고 우리는 그곳에 한 줌의 재가 된 동생의 유골을 뿌려 먼바다로 흘려보냈다. 돌아오는 차 안에서 나는 경련을 일으켰다. 지금까지 나의 이런 모습을 누구에게도 들킨 적이 없었다. 내가 경련하는 모습에 동생의 애인은 무척 당황해했다. 그녀가 급히 갓길에 차를 세웠다. 잠시 차 밖으로 나간 그녀는 심호흡을 하고는 다시 들어와 나를 안아주었다. 그날 밤, 우리는 바닷가 민박집에서 서로를 안은 채 날을 지새웠다. 그리고 며칠을 내리 그곳에서 잠을 자며 보냈다. 동생이 떠나고 동생의 애인이 나에게 왔다. 그렇게 나에게 온 그녀는 어디에도 돌아가지 않았다. 그녀는 갈 곳이 없다고 했다. 나도 마찬가지였다.

내가 결혼하자고 한 날, 우리 부모는 물론 그녀 부모의 반대로 우리는 먼 곳으로 떠나왔다. 그날 엄마는 "네 동생이 외국에 가려고 마련해둔 자금인데 어디다 쓰겠냐"고, "네가 가져가라"며 돈을 건넸다. 대신에 다시는 보지 말자고 했다.

그 돈으로 시골의 한적한 기찻길 옆, 그나마도 화재로 볼썽사나운 이층짜리 작은 건물을 얻었다. 2층 공간을 직접 수리하고 칠해서 카페로 만들었다. 붉은 문, 붉은 창문틀, 그녀에게 가장 싫어하는 색을 물어봤을 때, 붉은색이라고 했던 기억이 나서 나는 일부러 붉은색을 칠했다. 그녀를 움직이게 하고 싶었다. 그녀는 교통사고로 피범벅이 된, 그것도 얼굴과 몸이 분리된 동생의 죽은 모습을 보아서는 안 되었다. 그녀는 그 참혹한 기억의 충격으로부터 좀처럼 헤어나지 못하고 있었다.

그런데 오히려 나는 그때 삶의 의욕을 되찾은 나를 발견하였다. 그녀가 나의 욕망을 채워주고 싶어 한다고 생각했다. 그러기 위해 우선 나를 굶기기로 작정한 여자 같았다. 죽은 동생의 카톡 프로필을 보았다. 동생이 죽은 줄 모르는 카톡은 오늘이 그의 생일이라고 표시하고 있었다. 어떤 선물을 보내면 좋은지 추천을 하고 있었다. 그 덕에 보게 된 동생의 카톡 프로필 사진에는 파도가, 파도의 물결이 있었다. 그리고 한 줄의 문장이 눈에 들어왔다.

「내 노래 들리나요 당신.」

동생은 재가 되어 먼바다로 흘러가 마침내 노래가 되었나 보다.

베토벤의 비창이 흘렀다. FM이 틀어져 있었다. 아내가 창밖을 내다보며 음악을 듣고 있었다. 꿈속의 연주와 겹친 모양이다. 피아노 연주를 하는 것은 나였고 동생은 관객이었다. 반대로 동생이 연주하고 내가 바라보는 것 같기도 했다. 아내의 시선이 어디를 바라보고 있는지 모르겠지만, 분명한 것은 나도 동생도 아닌 곳을 바라보고 있었다.

아내는 움직이지 않았다. 내가 요리를 할 때도 아내는 움직이지 않았다. 내가 쓰레기를 버리고, 청소하고, 사람들이 오지 않는 카페의 구조를 바꾸고 다시 피아노를 치고 요리를 개발하고 다시 쓰레기를 버리고 청소를 하는 동안에도 아내는 움직이지 않았다.

"여기는 함흥냉면의 고장이지만 평양냉면을 하면 어떨까? 너무 심심해서 맛을 모르겠다는 사람에겐 김치볶음밥을 팔고. 냄새가 너무 달라서 안 될까?"

아내는 대답이 없었다.

"당신은 하고 싶은 것 없어?"

아내는 대답했다.

"지금은 아무것도 하고 싶지 않아."

"언제, 언제 괜찮아질 것 같아?"

"글쎄."

자기도 알고 싶다는 것 같기도 하고 알게 되면 말할 거라는 것 같기도 한 표정으로 쳐다보는 아내가 안쓰러웠다. 평소보다 너무 말을 많이 해서 얼굴이 붉어졌다. 어지러운 듯 몸을 일으킨 아내는 저녁도 먹지 않고 자러 들어가겠다고 한다. 해가 지기 무섭게 집은 어둠에 싸였다. 어둠에 싸인 동네는 적요했다. 붉은 달이 떴다. 그 광경을 혼자 보고 있자니 왠지 두려웠다. 잠든 아내도 꿈에서 이 광경을 보는 것 같았다. 아내의 자는 모습은 무표정하다. 깨어나도 그렇지만. 저 무표정은 나와 지내면서 좀처럼 벗지 않는 가면 같았다.

나는 그런 아내를 보면서 늘 괜찮다고 해주었다. 네가 있는 것만으로도 괜찮다고. 나는 이 왕국의 왕이고 넌 왕비라 여기며 살고 있다고. 문제는 그녀가 나를 왕으로 생각하지 않는다는 것이다. 그녀에게 왜 움직이지 않느냐고, 청소도 하고 요리도 하고 같이 동참하라고, 다그쳐보려고도 했다. 그러나 나는 왕이고 그녀는 왕비인데 그럴 수는 없었다. 오히려 이 왕국의 왕비는 움직이지 않는 왕비라고, 나는 공기들과 멀리서 불어오는 바람에게 선포하였다.

아내의 일상은 언제나 똑같다. 그녀의 일상은 한 문장으로 충분하다. '눈을 뜨고도 꿈을 꾸는 것같이 존재하기.' 꿈을 꾸기 위해 천천히 화장을 마치면 더욱 무표정해졌다. 마치 매일 아침마다 무표정의 가면에 먼지를 털어내어 더욱 무표정하게 만들려고 애쓰는 것처럼 보였다. 이젠 벗으면 더 어색할지도 모를 그 무표정의 가면을 쓴 채 아내는 여전히 앉아 있었다. 무엇을 감추려고 무표정의 가면을 쓰고 있는 걸까. 죽은 자, 엄마가 가장 사랑했던 동생, 내 아내가 가장 사랑했던 남자, 그 사람을 그리워하는 것 같지는 않았다. 어쩌면 무언가 자신을 움직이게 해줄 것을 보거나 들은 것 같았다. 그것을 기다리는 것 같았다. 언젠가부터 무표정의 가면 위로 보일 듯 말 듯 미세한 움직임을 느낄 수 있었다. 아무 말도 하지 않지만 입술이 움직였고, 아무 소리도 들리지 않았지만 마치 구슬픈 노래와 휘감는 북소리가 들려오는 전율을 느낀 듯 눈동자가 움직이고 있었다.

카페는 오늘도 사람이 없다. 나는 오늘 아내가 무슨 꿈을 꾸는지 아내와 함께 아내의 꿈을 따라 하기로 했다. 그래서 오늘은 피아노 연주도 요리도 청소도 하지 않고 아내와 함께 꿈을 꾸기로 했다.

꿈에서 아내는 달빛처럼 아름다웠다. 그 소문이 자자하여 먼 길을 마다않고 우리 카페를 찾아오려는 사람들이 있었다. 하지만 카페에 도착한 사람은 없었다. 꿈속의 우리 카페는 사막 한가운데 있어서 오는 중간에 굶어 죽거나 목말라 죽거나 아니면 그 전에 포기하고 돌아가버렸기 때문이다. 그런데 노래를 부르며 사막을 건너듯이 외진 곳을 향해 카페로 걸어오고 있는 한 청년이 보였다. 꿈같은 일이 실제로 일어났다.

나는 아내와 함께 움직이고 싶었다. 그래서 바람이 불어오는 그곳에서 들려오는 노랫소리와 그에 대한 궁금증을 억누르며 아내를 관찰하기로 했다. 그러기 위해 청소를 시작했다. 아내 곁으로 자연스럽게 다가가는 방법이었다. 아내는 지금껏 눈물을 보인 적이 없었다. 그런 아내의 눈에 물이 고였다. 눈물이 고인 게 아니라 눈에 물이 고인 것이라고 말할 수밖에 없다. 그녀가 한 번도 감정을 드러낸 적이 없으므로 그것이 설마 눈물이라고 생각하기 어려웠는데 하지만 다시 생각해보면 그건 눈물이었을지도 모르겠다. 눈에 물이 고이는 것은 여러 생리적인 결과이겠지만, 그것이 분노일지, 바람이 불어와 망막을 자극한 탓일지, 무슨 깊은 사연을 건드린 것일지 모를 일이었다.

밤이 깊어졌다.

무슨 일인지 노래를 부르며 다가오던 사내는 카페 앞 나무 아래 바위에 걸터앉았더니 지친 듯 긴 잠을 자고 일어났다. 그리고 달이 떠오르자 다시 노래하기 시작했다. 그의 노래는 누군가 마주 보며 대화를 나누는 듯했다. 긴 여행의 동반자였던 보이지 않는 무리, 측근들, 혹은 보좌들, 나아가서는 자신을 지키는 어떠한 영적 존재와 대화를 나누듯 보였고, 그동안의 발걸음이 외롭지는 않았던 게 아닌가 생각이 들었다.

어릴 적 궁금했었지.
부모님 날 낳으시고 어땠을까?
난 이 세상이 싫은데 이곳에 날 내어놓고
미안하다 대개 어머니들 젖 물리며 달래시지!
이 세상을 보여주고 고통을 대물림시킨 죄를
어떻게 씻어야 할지 몰라 어머니는 그날로 날 버리셨지!
그리고 나에게 비밀 하나를 가르쳐주었어.

세상은 언제나 반복일 뿐이야 나아지는 건 없어.
하지만 구렁텅이에 빠지는 건 올바르지 않아.
봄 여름 가을 겨울
흐리고 해가 나고 비가 오고 비가 개고 바람이 불고 그치고
눈이 오고 눈이 녹고 물이 마르고 물이 돋는 계절 따라
깨었다 잠들었다 깨어가며 알아가야 하는 게 있지.
네 노래를 부르는 일이야!

네 노래가 너의 사람을 찾게 해줄 거다.

너의 사람도 너와 마찬가지로
눈이 오고 눈이 녹고 물이 마르고 물이 도는 계절 따라
깨었다 잠들었다 다시 깨어가며 기억하고 알아갈 게 분명하다.
네가 노래하지 않고
네 노래가 너의 사람을 찾아가지 않는다면
세상은 암흑으로 변하지.

네가 노래하고
너의 사람이 바람처럼 춤을 추면
상상할 수 없는 필멸의 운명을 만나리.
내 노래에 바람처럼 춤을 추고 내 노래에 키스해다오.
이 아름다운 사람이여.

 그의 노래는 아주 오랜만에 듣는, 언젠가 들었던 기억 속의 이야기 같기도 하고, 아니면 전혀 새로운 것 같기도 하였다. 그런 노래라면 우리 카페에 맞이하여 부르게 하는 게 어떨까 하는 생각이 들었다. 이 사막 같은 동네에서 아내는 젊음을 기다리는 것 같았다. 뭐랄까 젊은 호소가 아내의 차가운 멈춤을 움직이게 할 것 같았다.

그날 밤 그를 카페로 맞이하였다. 달이 환하게 밝은 밤이었다. 그와 술을 마시며 이름을 물었다. 그는 대답했다.

"방문객 그게 아니면 행인이라 불러주세요. 달리 부를 이름이 있겠어요? 저는 지나가는 바람이며 당신들의 천국에 언제든 잠시 들렀다 떠나는 방문객일 뿐입니다."

그의 대답은 싱거웠지만, 왠지 나는 그가 부러웠다. 행인이라는 것은 언제나 자유라는 말 같았고 방문객이란 말은 언제나 그곳의 주인인 왕을 초조하게 하는 뭔가가 있었다. 자신을 초조하게 하는 무엇이 이 방문객에게도 있을 거란 예감이 들었다. 틀림없었다. 그날 밤 그에게 노래를 청하자 그가 말했다.

"노래는 제게 그리움과 간절함이에요. 노래를 부르면서 꿈속으로 들어가는 희열의 순간은 나만의 쾌락이기도 하고요."

"대체 그 이야기며 꿈이란 게 무언가요?"

"글쎄요. 들으시면 코웃음 칠지도 모르겠네요."

그러면서 그가 갑자기 아내를 바라보았다. 초조해지기 시작했다. 그의 간절함과 그리움 속에 아내가 들어갈 여지가 있다는 것인가. 아내의 눈동자가 움직이기 시작했다. 그랬다. 시선이 아닌 눈동자뿐이었지만, 그것은 달이 나뭇가지 사이에서 창문 안으로 들어오는 커다란 홀림이었다.

"어릴 때 그러니까 한 여섯 살 적에 할머니가 돌아가시면서 제 손을 잡고 이야기를 해주셨어요. 넌 앞으로 이 세상에서 가장 아름다운 여자를 아내로 맞을 것이다. 그게 네 운명이다. 넌 그 사랑을 받을 운명으로 이 세상을 돌아다닐 것이고, 그 사랑을 만나게 되면 너의 여행도 끝날 것이다."

그가 말을 하면서 혹시 아내를 바라볼까 초조했다. 그러나 그는 고개를 비스듬히 숙인 채로 이야기를 하고 있었다. 그리고 날 보며 웃었다. 아마 나의 경계를 풀려고 하는 것 같았다. 그는 마치 이야기보따리를 풀어놓는 것처럼 쉬지 않고 이야기를 했으나 지루하지 않았다. 오히려 빨려 들어갈 듯 귀 기울이게 하는 묘한 힘이 있었다.

"난 그 이야기를 몇 번이고 들어야 했어요. 커가면서 쭉 들었어요. 어느 날 할머니에게 물었지요? 그 여자가 혹시 인어공주냐고? 아니면 백설공주냐고?"

그때 내가 물었다.

"결혼은 안 했나요? 애인도 없어요?"

"제 이야기를 안 들으셨나 봐요. 이 세상에서 가장 아름다운 여자를 아내로 맞을 거라고 했잖아요. 십 대는 그냥 지나가도 되는 거고 이십 대도 그렇고요. 삼십 대가 되니 달라지네요. 사십이 되어서야 만나고 싶지는 않아요."

"이 사람 아닐까 한 사람을 한 번도 못 만났어요?"

"결혼한 적은 있어요. 일 년 만에 여자가 사라졌어요. 제가 제 운명을 거스른 탓일까요? 아내에게 할머니의 이야기를 들려준 적은 있는데, 그런 운명을 거스르고 자기처럼 평범한 사람을 만나서 모진 운명에 휩싸여도 책임 못 진다고 그러더라고요. 그러더니…."

"그건 좀 심하네요. 아내에게 아직도 여자를 찾는다고 말했단 말이에요?"

"네. 아내는 아니었어요. 좋은 사람이었지만 할머니가 이야기한 사람은 아니었어요. 할머니가 말한 아름다움은 뭐였을지 끝내 궁금했어요. 그러다가 할머니가 그냥 하신 거짓말이거나 죽기 전에 노망이 아니었을까 생각하며 그냥 살려고도 했지요."

"그 말을 믿어서, 돌아다니는 것 아니에요?"

"할머니 말씀을 존중해드려야겠다고 생각하는 건…, 할머니는 지금도 가끔 나타납니다. 그럼 이제 떠날 때가 되었나 보다고 생각하지요. 그렇게 저는 노마드 인생이 되어갔어요. 아름다운 아내를 찾으려고 떠난다기보다 이 길이 내 길이 아닌가 보다 그렇게 생각한 거죠. 할머니가 등장할 땐 떠나라는 계시랄까요. 그리고 쉬어갈 곳, 멈출 곳을 알려주죠."

알 듯 말 듯했다. 그가 내 표정을 보더니, 설명을 덧붙였다.

"이 삶도 명분은 된다고 생각해봅니다. 가장 아름다운 것이 저 너머에 있다는 생각은 온갖 집착에서 벗어나게 해주었어요. 실패해도 죽고 싶은 마음이 생기지 않아요. 죽어버린들 그 어떤 세상에서 또 아름다운 여자를 만날 텐데 그 누군들 저보다 행복할까 하는 마음, 그 마음이면 저는 이 세상 어떤 왕도 부럽지 않을 거란 생각을 해봅니다. 할머니가 저를 위대한 방랑자로 방문객으로 만드신 거죠."

나는 젊은이가 조금 한심해 보였다. 바보 같다기보다 딱, 그냥 바보였다. 그래서 이렇게 질문했다.

"다른 일은 해본 것 없어요?"

그는 고개를 저었다.

"이렇게 굴러다니는 제 제 일이지요. 노래하고 가끔 돈을 받고. 거지면 어떻습니까? 버스킹이라고 집시의 삶이라고 불러주면 더 좋겠지만 사실, 거지가 맞죠. 하하."

그의 말에 부정도 하지 않고 웃지도 않았다. 그가 조금 설명이 되려나 하는 마음인지 덧붙였다.

"요즘 중고 물건 거래하는 사이트 있지요? 전 굴러다니는 중고사이트 역할을 하지요. 동네가 멀면 멀수록 자기한텐 버려진 일상이 남한텐 희귀 아이템이 되더라고요. 그렇게 중간에 생긴 시각 차이를 이용해서 돈을 벌기도 합니다. 굶지는 않아요."

그가 기타 외에 메고 다니는 가방에는 방물장수처럼 희한한 물건들이 들어 있었다. 고서도 있고 소리가 아름다운 방울도 있고 아름다운 그림으로 수를 놓은 아주 오래된 부채도 있었다. 소리가 맑은 난쟁이 피아노 오르골을 비롯한 장난감과 장식품들도 있었다.

"집 나가면 고생이라는데 좀 한 군데 머무르고 싶지는 않았나요?"

"할머니의 말을 믿게 되었나 봐요. 세상에서 가장 아름다운 사람과 만날 거라는 말. 그래서 아름다운 사람을 찾아다닌 거였는데, 언제부턴가 그게 제 삶이 되었어요."

어느 책에서 본 이야기를 꾸며서 말하는 걸까. 신화집에나 나올 것 같은 이야기였다. 그가 이런 이야기를 할 수 있다니, 내 앞에서. 버젓이 아내와 내가 신경 쓰일지도 모르는데 말이다. 그래도 웃으면서 아내를 바라보는데 좀 놀라웠다. 아내는 평소처럼 움직이지는 않고 있었지만, 표정에서 눈동자에서 숨소리에서 점점 흔들리고 있었다.

나는 아내를 상대로 뭔가 내기를 하고 싶었다. 아내가 원하는 것이 중요했다. 이 세상에서 가장 아름다운 여자가 내 아내라면, 그래서 지금 내 아내의 팔목을 잡고 저 청년이 멀리 달아나기라도 하겠다면 하고 상상해보았다. 물론 그녀가 바라는 것이 중요하다. 저런 방문객 따위가 있다 한들, 가장 아름다운 여자와 결혼하게 되는 게 운명인들, 그녀가 바라는 것이 무엇인지 그리고 어찌하여 결혼하게 되는지 그것을 할머니는 가르쳐주었을까? 그보다 이 청년이 정말로 운명의 여자를 만나기 위해 이렇게 돌아다니는 사람인지, 그게 아니라면 무엇을 위하여 혹은 무엇을 피하여 이리 무위도식하는지 알고 싶었다. 나는 그의 이야기를 좀 더 듣고 싶었다.

그 순간 그가 나와 나의 아내를 번갈아 노려보기 시작했다. 그의 눈에는 한편으로는 분노를 한편으로는 그녀에 대한 욕망 같은 것을 품고 있었다. 동생이 죽고 나와 아내가 붙어먹은 것을 알기라도 하듯, 마치 우리의 결합을 인정하지 않는다는 그런 눈빛이었다. 사실 우리 부부를 대놓고 욕하는 사람이 없었던 것은 우리의 상황을 모르기 때문이었다. 친구들도 모르고 오직 어머니만 알았는데 어머니도 그 사실을 아는 순간 절연을 선언했다. 그런데 이 방문객은 우리 부부의 모든 비밀을 아는 것 같았다. 그리고 자신이야말로 이 불균형하고 진실을 숨긴 감옥 같은 집에서 아내를 데리고 나가겠다는 듯한 표정으로 나와 아내를 번갈아 보았다.

나는 그를 죽여야겠다고 생각했다. 무서운 살해 욕망이었다. 나는 그가 왜 흘러 다니는지, 그 이유를 알고 싶었다. 그는 이미 말했다고 자기의 운명을 따라 걸을 뿐이고, 그것은 이미 이루어진 일이며 언제나 지금 그 일이 일어나고 있다는 생각이라고 말하는 것이었다. 그게 무슨 말인가, 속으로 궁금해할 게 아니라 직접 묻기로 했다.

"당신이 찾는 여자가 이 집에 있기라도 하다는 말로 들리네요. 의도가 뭡니까? 다 지어낸 말 아니에요?"

나는 웃지 않았는데, 그는 웃었다. 내가 왕인데, 내 앞에서 웃었다. 용서할 수 없었다. 냉정하게 덧붙였다.

"당신은 그냥 인생을 재미로 사는 거 아니요? 우리가 동요하거나 아내가 내 눈을 피해서 다른 자세를 취하거나, 아니면 이렇게 내가 흥분해서 욕을 하고 어서 가라고 소리라도 지르기를 기다리는 것 아닌가요?"

이번에는 그도 웃지 않았다. 그리고 말했다.

"사람의 인연은 혼자 결정하는 것이 아니지요. 오늘 밤 무슨 일이 일어날지 그 또한 나에게 결정권이 있는 것 같지는 않네요. 아시다시피, 저는 지나가는 객일 뿐 일을 만드는 것은 제가 아니지요."

"그럼 누가? 내가? 우리 부부가?"

그는 창밖을 보면서 기이한 표정으로 말했다.

"보세요. 오늘 밤 저 붉은 달을. 저 달도 매달렸을 뿐이죠."

"결정권은 하늘에 있다는 이야기요?"

"우주? 섭리?"

살해 욕망. 나는 부모님을 죽이고 싶은 적이 있었다. 아니 그렇다기보다, 내가 어쩌면 부모님을 죽일지도 모른다는 생각을 한 적이 있었다. 그것은. 두 형제 중에서 특별히 나만을 편애하는 부모님과 늘 나로 인해 주눅이 들어있던 동생 사이에서 내가 왕이 되는 길은 부모님을 죽이거나 혹은 부모님을 죽인 후에 동생과 평화협정을 맺거나 혹은 동생과 평등한 전쟁을 치른 후에 다시 형과 아우로서 세월의 차이가 아닌 힘의 우열을 맺고 싶은 생각이 들었다. 그래서 나는 나의 순수한 호기심과 나의 깨끗한 힘의 우위를 입증

하는 데 방해 세력인 부모님을 죽이고 싶었다. 그리고 어찌 보면 벌레들처럼 부모님은 나에게 가장 힘없는 존재들이었다. 그들은 나에게 너무 많은 기대를 했지만 그런 기대와 다르게 동생이 더 잘 되었다.

그런데 동생이 먼저 죽었다. 나는 그것 역시 나의 불운이라고 생각했다. 그리고 부모님을 죽이지 못했기에 동생이 죽었다고 생각하며 부모님을 죽이는 꿈을 꾸다가 고향을 떠나온 것이다. 그런데 어느 날 그런 생각이 들었다. 왜 내가 여기 있지? 그리고 왜 나는 동생의 아내가 되었어야 할 여자와 단둘이 남아 있는 거지? 왜 아무와도 연락이 안 되는 것이지? 내가 망각하고 있는 것은 무얼까? 누군가 내 기억을 알려줄, 내 기억을 들고 올 방문자가 있을 거란 기대감에 들뜨곤 했었다. 그것은 비둘기나 까치 같은 것인데, 그게 부모님처럼 나를 방해하는 것이 되면 나는 그들을 죽이고야 말 것이라는 생각을 하곤 했다. 그것을 아내는 아는 것 같았다. 그리고 내가 기대한 방문객은 동생을 닮은 자였다. 아니…. 그는 동생이었다.

*

내가 움직이지 않는다고 뭐라도 하라고 남편이 채근할 때마다 나는 속으로 웃음이 나왔다. 당신은 모르는구나. 지금 나는 자고 있는 건데. 자는 사람이 어떻게 뭘 할 수 있지? 난 죽어도 새로 시작하는 어떤 삶이 있을까 봐 두려워 그저 잠을 택한 건데. 미안해하는 당신은 나를 깨우지 않을 것 같아 당신 옆으로 온 건데. 늘 그렇게 편지라도 써주고 싶은 마음으로 침묵을 지키며 사는 것도 고요하니 나쁘지는 않았다.

그런데 요즘 문득 오랜 잠 속에서 깨어난 것 같았다. 그가 노래할 때 나는 알았다. 그가 살아 돌아왔다는 것을. 그는 부활한 것이다. 그는 죽지 않았다. 아니 죽음에서 깨어난 것이다. 어두운 터널 앞에서 돌아온 것이다. 그가 돌아와서 나를 만난 것이다. 그러나 나는 그를 알아보지 못했다. 나 역시 그를 찾아 어둠으로 가려고 했다. 하지만 그는 어둠을 천성적으로 싫어한 사람이다. 그는 빛으로 돌아 나왔다. 그리고 찾아온 것이다. 거기에서 그는 많은 사람을 만났고 사람들에게서 행복과 즐거움이 무엇인지 배웠다. 그가 돌아다니며 사람들에게 노래하고 시를 읊고 어울리며 다닌 이유는 그 역시 새로운 인생을 살게 된 탓에 자신이 깨달은 것을 알려주고 싶었다. 창밖은 벌써 내일이다. 나는 내일로 얼른 나서야겠다.

과거를 미래로 사는 사람, 어쩌면 우리는 현실을 그렇게 억울하게 살아가는지 모른다. 지금 그렇게 살아온 대로 살면 되는데, 그게 안 되어 어제로도 못 돌아간다. 못 돌아간 어제가 있다면 오늘을 그 어제처럼 살아보아라. 오늘은 어제처럼 안 된다고? 그렇다고 오늘을 오늘로도 살지 못하고 있지 않는가. 오늘을 내일로 미루지 않는가. 어제를 오늘에도 못 살면서 어제를 내일에 살려고 하는 것은 아닌가.

  그는 다시 죽어서 나에게 오려고 한다. 지금 살아서 나에게 왔는데 말이다. 그렇다면 나는 그를 다시 한 번 죽여야 하는 운명에 빠졌다. 그는 진정으로 나를 사랑한다고 하면서 나의 말 같지 않은 행동을 실행하였다. 나는 일어났다. 눈을 뜨고 그를 바라보았다. 그에게 가까이 다가갔다. 그리고 그를 보고 웃었다. 그리고 말했다.

"보고 싶었어요."

  나의 말에 그는 뒷걸음질을 친 것 같았다. 더 다가오지는 말라는 표시를 한 것 같기도 하다. 나는 그에게 안심하라는 표정을 지으며 말했다.

"잘 가세요. 또 오시길 기다릴게요."

  그는 돌아섰다. 붉은 달이 매달린 집, 내가 선 모습이 창가로 보이는 집이 붉은 달 뒤편으로 그림자처럼 희미하게 보였다. 그리고 붉은 달을 향해 다시 왔던 길로 돌아가는 그가 보였다. 그의 노래도 들렸다. 멀리 사라져갔다.

  나의 얼굴이 매달린 마을을 보았다.
  마을의 가장 높은 곳에서 피떡 진 채 달려 있었다.
  검은 바다에 붉은 달이 매달려 눈물 흘린다.
  같이 돌아가자고 함께 춤추자고 노래한다.
  나는 돌멩이처럼 바퀴처럼 굴러가리라.

나그네, 방랑자, 방문객, 또한 행인 되어 떠나리라.

나그네인 나는 그녀가 나를 본 뒤로 달라졌다는 주인의 말을 납득할 수 없었다. 주인은 나를 기억하지 못했다. 사실 나 역시 내가 어릴 적 들은 할머니의 예언 외에는 내 부모도 내 형제도 기억할 수 없게 되었고 내가 왜 떠도는지도 몰랐다. 한번은 내 가족들은 왜 나를 찾지 않을까 생각해본 적도 있었다. 하지만 나는 내가 믿고 있는 예언을 따라가다 보면 나를 기억하는 사람을 찾거나 내가 기억해낼 사람을 만나게 되리라 생각했다. 그렇게 그녀를 보았다. 하지만 그녀는 어느 날 문득 창밖에 나뭇가지에 앉아 나를 향해 노래하는 작은 새처럼 사랑스럽지만 가까이 가면 날아가버릴 것 같은 존재였다. 예언의 윤곽이 어쩌면 이곳에서 그려질지도 모른다는 생각이 들기도 했다.

그 집을 떠나던 날 밤, 그녀의 향기가 꽃비 되어 날아왔다. 붉은 달이 매달린 집이 수평선 너머 밤하늘에 보였다. 붉은 달이 가까워졌다. 매달린 붉은 달이 나의 얼굴을 닮았다고 느꼈다. 그 얼굴로 다가가며 내 발은 젖어가고 있었다.

눈이 온다

창밖은 이미 내일이다.

눈이 온다

눈이 온다. 글이 쓰고 싶어졌다. 집에서는 안 될 것 같았다. 밖으로 나왔다. 하얀 종이에 검은 펜이 잘 어울릴 것 같았다. 이제 일 년이 되어가도록 사놓고 쓰지 않은 노트를 챙겼다. 이제는 대학에서 필기 같은 것은 안 하겠지만 여전히 대학노트라고 불리면 어울리는 노트였다. 그리고 역시 일 년 전에 사놓고 한 번도 쓰지 않은 만년필을 함께 챙겼다. 요즘 다시 과거의 만년필이 유행한다고 해서 구경하다가 내가 내게 주는 선물이라며 큰맘 먹고 사놓은 것이다. 도서관에서 자판 소리까지 내면서 노트북을 쓸 수는 없을 것 같아서 가볍게 나가고 싶어서였는데 눈길을 걸어 마을의 작은 도서관에 오면서는 누구에게라도 손편지를 쓰고 싶다는 생각이 들었다. 누굴까. 내가 불러내고 싶은 사람은 누구일까. 생뚱맞은 생각에 설레기까지 했다. 이런 유치한 생각에 설렘이라니, 스스로가 우습기도 하고 부끄럽기도 했다. 새벽부터 쌓이기 시작한 눈은 이젠 발이 빠질 정도였다. 드문드문 지나가는 자동차는 눈을 뒤집어쓴 채 느릿느릿 지나가는 눈사람 같았다. 갑작스러운 폭설에 마을은 눈을 치울 엄두를 내지 못한 채 눈이 오는 것을 바라만 보는 것 같았다.

발목까지 올라오는 신발을 신었지만 푹푹 빠지는 눈길을 걷기는 쉽지 않았다. 그래도 끝까지 걸어갔다. 흰 노트 위로 만년필 잉크가 사각사각 써지는 상상을 하면서 무사히 도착하여 열람실에 들어갔다. 춘천에서 왔다는 도서관 직원은 진부령을 넘다가 차를 놓고 걸어왔다고 하면서 내게 커피 한 잔을 건넸다. 글 쓰러 왔다가 글 대신 이런저런 이야기를 나누었다. 남자 직원은 흡연자 특유의 담배 냄새만 빼면 다 좋았다. 이런 사람이 직원으로 있어야 도서관에 와서 글쓰기 편하다. 책 빌리러 오는 사람도 별로 없고 책 본다고 앉아 있는 사람도 없는데, 이렇게 커피도 권하고 말도 걸어주고 내가 무얼 하든 관여하지 않는 사람이 좋다. 뭐라도 조금 쓰고 갈 수 있을 것 같았다. 자주 와서 글을 쓰기에 안성맞춤인 아지트를 찾은 것 같아 좋았다. '아지트'라는 말이 원래 러시아 지하 운동가들의 은신처라는 뜻으로 사용되었다는데 정말 뭔가 비밀의 장소에 와 있는 느낌이 들었고, 그는 도서관 사서가 아니라 먼 곳에서 온 비밀 조직원 같은 느낌이 들었다. 그도 그럴 것이 머리도 헝클어진 채 젖어 있었고, 눈길을 오는 동안 나보다 훨씬 더 고생하여 이곳까지 도착한 듯한 느낌이 들었다. 그쪽도 내가 와줘서 반갑고 고마운 것 같았다. 가끔 담배도 피우러 나가야 하고 개인 전화도 받아야 하는데 그때마다 방을 비우고 나간다는 게 신경 쓰였는데 잘 되었다 싶은지 나의 존재를 반기는 것 같았다. 그가 전화를 받으러 밖으로 나가다가 말했다.

"근처에 차를 세워놨는데, 오후쯤에는 견인하겠다고 하네요. 전화 좀 하고 올게요."

도서관이라기보다 험한 길을 뚫고 무사히 도착해 서로 안부를 전하는 아지트. 혼자 남은 나는 이제 나만의 은신처에서 창밖을 본다. 그런데 나만의 은신처가 아니고 우리의 아지트가 되려면 나만의 은신처를 아는 누군가가 있어야 할 것 같았다. 그를 불러내기 위해 노트와 만년필을 꺼낸다. 이제 무엇을 써야 하나. 우선 핸드폰부터 끈다. 이미 많은 사람과 연락을 끊고 지낸 지 오래다. 자연과 세월이 만들어준 이별이라고 해야 할까. 굵은 인연 한 가닥을 자르면 그와 연결된 다른 가닥도 모두 잘려져 나갔다. 혼자 남았으니 뒤를 돌아볼 것도 없다. 그래서 내가 글을 쓴다면 천지가 흰 눈에 덮인 오늘처럼 하얀 백지에서 시작하게 될 것 같다.

눈이 온다. 이렇게 썼다. 마치 어제도 지나가고 오늘도 녹아버리고 내일이 오는 느낌이 들었다. 이대로 가만히 있으면 내일에 가 있을 것 같았다. 누군가 찾아와주면 좋겠다. 누군가 말 걸어주면 좋겠다. 소리 내어 말할 수 없어 천천히 썼다. 외롭다. 그리고 일어나 창문으로 다가가 창밖을 내다보았다. 누가 찾아와주지 않지만 눈이 온다. 과거와 현재와 미래가 한꺼번에 내게 오고 있었다. 나의 오늘은 녹아 사라지고 나의 내일이 그 위로 내리고 그 내일 위로 새로운 내일이 쌓여갈 것이다. 책상으로 돌아와 썼다. '외롭지 않다. 눈이 온다.'라고. 그 뒤로 '용기를 준다. 눈이 온다.'라고 썼다. 두 문장을 다 지울까 하다가 사서가 들어오는 소리에 노트를 덮었다. 그날은 그냥 집으로 돌아왔다. 돌아오며 계속 생각했다. 사랑한다 눈이 온다. 괜찮다 눈이 온다. 시인들이 하던 말 이상 근사한 말이 떠오르길 기다리면서.

푹 자고 일어났다. '보고 싶다 눈이 온다' 잠꼬대처럼 중얼거리는 내 목소리가 들리는 방은 어두웠다, 밤이었다. 나와보니 남편이 거실 소파에서 자고 있다. 늘 침대를 고수하던 남편이 그런 모습을 보이는 게 웬일인가 했다. 그런데 자고 있는 줄만 알았던 남편이 뒤척이면서 중얼거렸다.

"소설 쓰는 거예요?"

어젯밤 거실에 나와서 작업하던 노트북이 테이블에 켜져 있었다.

"봤어요?" 얼른 저장하고 전원을 끄며 말했다.

"컴퓨터 꺼주려다가 조금 읽었어요. 남편 개새끼라니… 심한 거 아니에요?"

미술작가인 남편과 나는 거의 집에 붙어 있으니 자주 싸울 것 같지만 싸울 일이 별로 없다. 각자 자기만의 생활이 있고 밥 먹을 때 얼굴 보며 반가워하면 되니 말이다. 그런데 가끔 생활에서 벌어지는 일이 아니라 각자 생각하던 것을 무심코 내뱉었을 때 서로의 관점이 다른 상황이 벌어지기도 한다. 그러면 싸우려고 한 게 아닌데 괜히 목소리가 커지다가 화해 아닌 화해로 넘어가곤 한다. 그럴 때마다 저런 사람이었나 하는 놀라움과 나 역시 포용의 한도가 그리 크지 않다는 것을 새삼 느끼곤 한다. 그러니 화가 나면 각자 혼잣말로 분을 삭이며 자기 자리로 돌아가는 식으로 해결점을 찾게 되는 것 같았다. 그렇게 뱉어낸 혼잣말이 낙서로 남아 있었던 모양이다.

"삭제할게요. 걱정하지 마세요."

나는 일상생활에선 가급적 존댓말을 쓰면서 품위를 지키고 싶었다. 사실 남편은 욕심도 없고 그래서 게으르면서 평온하고, 위험을 싫어하고 정도를 걷고 싶어 한다. 그래서 길이 아닌 길은 쳐다도 안 보고 타인의 시선이 신경 쓰이면 피하고 은둔하는 성격이다. 친구들의 말을 빌리면 우리 둘은 다르면서 퍽 비슷하다고 한다. 공감 능력이 있어서 나랑 산다기보다 서로 비슷해서 살고 있는 편에 속한 것 같다. 우리는 시골로 이사 온 후, 마을의 내과병원에서 금연

치료를 받는 중이었다. 나는 지난주부터 한 대도 피우지 않았는데, 남편은 지금도 담배를 피우러 베란다로 나가길래 한마디 또 하였다.

"의지력이 약해요, 선생님은."

남편이 담배를 피우러 나간 동안에 나는 심호흡을 하고 눈을 감았다. 잠시 후 눈을 떴는데, 눈앞에 남편 아닌 낯선 남자가 서 있었다. 베란다에는 분명히 남편이 담배를 피우고 있었다. 눈을 의심했다.

"저, 해성이에요."

"어?"

"잘 지내셨어요?"

"누구라고? 해성이? 맞네, 너 해성이구나. 너도 지금 내가 보여?"

"네, 오늘 눈이 온다 그러면서 절 생각하셨어요. 그죠?"

"내가? 그랬나?"

외롭다 그랬다가 외롭지 않다 그러면서 몇 자 쓰려고 애를 썼던 낮의 기억이 떠올랐다.

"겨울엔 아니, 눈이 오면 누구나 그래요. 생각이 나죠. 오늘은 저를 생각하셨어요."

"눈이 오니까 외롭지 않더라. 눈이 오면 위로가 되는 거지. 그랬어."

"그 겨울, 생각나요. 추운 줄도 모르고 계속 걸었지요. 우리의 아지트를 찾아보자면서 걷다가 결국…."

"노래방에 갔었지."

"맞아요."

"오늘은 눈이 와서 글을 쓰고 싶었어. 그건 그런데, 널 생각했는지는 모르겠어. 내 무의식에 네가 있었을까?"

"제 이야기는 안 쓰세요?"

해성이는 내가 쓰려고 했는지, 쓰기는 썼었는지, 생각이 가물가물한 어떤 이야기 속 주인공이다. 사실은 이름이 잘 기억이 안 났는데, 해성이라고 하니 해성이 맞는가 보다. 파도처럼 별처럼 금방 사라져버린 가슴 아픈 기억. 해성이. 넌 내가 만든 이야기의 주인공이잖아, 생각나. 그러나 입 밖으로 말하지는 않았다. 해성이는 자신의 세계가 전부일 텐데, 섭섭하게 할 필요도 서로 헷갈릴 필요도 없었다.

"네가 여기 어떻게 왔니?"

해성은 노트를 내밀었다.

"여기 당신이 쓰신 책이에요. 그동안 잊으셨나 봐요. 쓰긴 썼는지, 쓰려고 했는지, 아무것도 기억 안 나시죠?"

그때 남편이 베란다에서 돌아왔다. 남편을 쳐다보는 순간 해성이가 사라졌다. 나는 방으로 들어와 파일들을 차례로 찾아보았다. 파일엔 없는 것 같다. 갑자기 정전이었다. 폭설로 낮에 정전이 되었다가 저녁에는 전기가 들어왔는데 다시 정전이었다. 방안에 처박혀 있던 장식등을 켰다. 건전지로 켜지는 조명인데 벽난로처럼 붉은빛에 하얀 연기까지 스멀스멀 피어나는 게 아늑하고 따뜻한 느낌까지 주었다.

"일찍 누웁시다." 남편은 먼저 누웠다가 다시 일어나서 장식등을 끄고 돌아와 코를 골면서 깊이 잠들었다. 그러나 나는 늦은 새벽까지 좀처럼 잠이 오지 않았다. 일어나니 벌써 동이 트고 있었고 전기도 들어왔다. 해성이 주고 간 노트를 들고 슬그머니 밖으로 나와 펼쳐보았다. 이건 언제 쓴 거지? 어쨌든 해성이는 여기서 나온 것 같았다. 분명히 문서작성 작업도 했을 텐데 그런 완성품 파일은 너무 오래되어 찾을 수 없을 것 같았다. 오로지 해성이 주고 간 노트 안에 예전에 썼던 초고가 있었다. 기억이 새록새록 떠오르기 시작했다. 작품 속 해성이를 만들면서 나는 마음이 좀 덜 아팠다. 그 이야기를 쓰던 시절 실제 마음 아픈 일이 있었다. 다행히 나는 그 아픔을 해성이를 통해 통과한 것 같다. 사랑이라 말하기 어려워서 소설을 썼고 그것도 우스워지면 혼자 노래방에 가서 노래를 했다. 가장 싸게 가장 쉽게 자신을 속이고 삶을 속이는 방법이었다. 창밖을 본다. 오늘도 그치지 않고 눈이 온다. 나는 창문을 열 듯 노트 속의 세계로 들어갔다. 제목 '다정한 관계'. 노트의 다음 장을 넘겨 읽어 내렸다. 부연하자면 이 노트의 이야기는 실제와 다르고 작가의 상상에 의한 창작임을 밝힌다. 이유를 말하자면 이야기는 남기 때문이다. 영원하기 때문이다. 나의 아픈 기억은 이미 눈처럼 사라졌다.

그래서 내가 겪은 이야기는 끝내 숨기고 노트의 세계를 펼치노라 이렇게 스스로 말하면서 나는 신이 된 듯 엄숙하게 노트를 넘겼다.

*

아버지가 좋아하는 여자를 데려온다고 했다. 아버지를 좋아하지 않은 까닭에 관심도 없었다. 같은 남자 입장에서 아버지 같은 남자는 정말 정이 안 간다. 여자들이라고 그걸 모를까 앞뒤가 다른 인간이란 것은 알아보지 못하더라도, 계산속이 빠르고 정확하며 조금의 손해도 볼 것 같지 않은 남자를 좋아할 리 없었다. 나는 아버지와 모든 것에서 반대로만 하려고 애썼다. 그러나 그것도 '추앙'의 다른 모습인 것 같아 아예 관심조차 갖지 않기로 한 것이다. 그러다 보니 아버지를 잘 몰랐다. 그런데 여자를 데려오겠다는 말을 하는 걸 보니 이해가 되었다. 그렇겠지. 자기 앞길은 잘 알아서 만들며 살겠지. 여자도 사귀고 남보란 듯 결혼도 하고. 뭐야? 이것도 질투인가.

어머니와 아버지가 이혼하고, 나는 아버지와 둘이 살게 되었다. 이 생활이 언제까지 계속될까 궁금하기는 했는데, 그 생활이 깨진 것은 생각보다 조금 빨랐다. 그래도 한 일 년은 같이 살 줄 알았다. 일 년은커녕 일 개월이 좀 지난 어느 날, 외출하려는 내게 아버지가 말했다. "내가 여자 없이 살 거라 생각하는 건 아니지?" 그랬다.

반찬가게에서 반찬을 권유하고 포장하는 젊은 여자의 손놀림을 지긋이 바라보는 모습을 보면서 오순도순 알콩달콩 살 여자가 그리운가 보다 했다. 아버지에게는 무슨 반응을 보여야 하나 얼른 생각이 떠오르지 않았다. 결국, 잠깐 돌아서서 얼굴을 마주 보는 어색한 장면을 연출한 후 돌아서 나왔다. 아버지가 다가와 내 어깨에 손을 올렸다.

"잠깐만, 한 오 분이면 된다. 지금 온다고 하니 만나 줄래?"

비록 이혼했다지만, 엄마와도 거리를 두고 사는 내게 이제 새엄마를 보여주면서 얌전하게 굴라는 말이었다. 엄마는 캐나다로 떠났고 편히 지낸다고 가끔 연락을 보내왔다. 「그래요. 행복하세요, 어머니.」 이렇게 문자만으로 답을 하고 살았다. 나는 엄마를 자유롭게 두고 싶었다.

아버지의 핸드폰이 울렸다. "그래, 들어와요. 지금 있어요." 하더니 바로 문을 열었다. 여자와 마주쳤다. 아는 여자였다. 여자가 먼저 놀랐지만 먼저 얼굴을 풀었다.

"해성이 아니니? 정해성?"

"우리 아들이 왜 해성이야? 우리 아들 정해송, 인사해."

나를 해성이라고 아는 이 여자 이름이 그 순간 기억나지 않았다.

"놀다 가세요."

그렇게 말하고 나는 집을 나왔다.

나를 해성이라고 알고 있는 여자의 이름이 궁금해졌다. 나는 여자의 이름은 기억하지 못했지만, 어느 날인지 내가 정해성이라고 가짜 이름을 대면서 그녀와 밤늦도록 술도 마시고 노래방도 간 적이 있다. 우리 밴드가 아르바이트하는 신사동의 한 카페에서 처음 만났을 것이다. 친구들과 카페에 놀러 왔다가 우리와 같이 어울리게 된 그 여자는 특히 나와 잘 통했다. 나도 영화를 좋아하고 그 여자도 영화를 좋아했다. 그녀는 미용실에서 일한다며 헤어디자이너라고 자기를 소개했다.

"원래 그림을 좋아했는데 돈이 없으니까, 돈을 벌어야 해서 그 길로는 가지 못했어. 요즘엔 핸드폰으로 이런저런 그림을 그려. 돈 안 들이고 예술하는 법을 찾는 중이랄까."

"어쩐지. 제 스타일을 정확히 아시더라니."

"그럼, 모델을 보면 거기에 어울리는 디자인이 보이더라."

"이름 물어봐도 돼요?"

그녀는 가슴에 명찰을 달고 있었는데, 그걸 가리켰다. 디자이너 '페드라'였다.

"페드라?"

"페드라 몰라?"

딱히 읽은 것은 아니고 영화의 한 장면을 어디선가 본 것 같았다. 아니 들은 것 같다. 페드라~ 하고 길게 아프게 부르는 그 영화의 한 대목이 떠올랐다. 전처 소생의 아들을 사랑했지만 마음대로 안 되자 그 아들을 아마 죽였던가? 뭐 여기까지니 아는 척은 안 하고 무관심한 척하면서 물었다.

"그런 거 말고 본명 말이에요."

"네 이름은 알아. 정해성 밴드 보컬 겸 기타리스트. 밴드 리더 정해성 맞지?"

그날 우리는 그녀의 미용실 근처에서 퇴근길에 술을 더 마셨지만 내 본명인 정해송을 가르쳐주지는 않았다. 그녀는 내게 이야기를 들려줬다.

"나는 친모한테 구박을 많이 받았어. 그래서 친모가 되기보다 착한 계모가 되고 싶어. 이상해?"

신촌으로 놀러 가자고 해서 같이 밥도 먹고 술도 마셨다. 포장마차를 발견했는데 거기서 조금 더 마셨다. 계모가 되기 위해 어떻게 노력할 거냐고 물었던 것 같다. 술을 마셔서 잘 기억이 안 난다. 술을 마시면 기억이 안 나서 좋다. 그때 그녀가 그랬다.

"너 같은 아들이 있으면 좋겠어. 친구도 되어주고."

"나 같은 아들이 있음 뭐가 좋아요. 왜 아빠 아들 다 데리고 놀게?"

"미친 새끼. 그건 아니고. 아, 그건 이럴 순 있어. 한 가정의 행복을 위해 서로 노력하는 관계. 아버지를 중심으로 엄마이고 아들인 두 사람의 화목한 사랑. 그 경계를 찾아가는 이야기. 충실한 인간이 되면서 사랑하는 것"

"충실한 인간이 되면서 사랑하는 게 뭐예요?"

나는 그녀에게 나이를 물었다. 본인은 동안이라고 하면서 나이가 많다고 했지만, 내가 나이를 맞추자 웃었다.

"내가 그렇게 늙어 보이냐?"

"세월이 어디 가나요?"

"이놈의 자식."

"근데, 제가 좀 엄마나 누나 같은 타입을 좋아해요. 그래서 같이 술 마시고 노는 건 괜찮은 거 같아요. 재밌어요."

"잘 됐구나. 그럼 내 아들 할래?"

"뭐라구요?"

"말했잖아. 계모가 되는 게 꿈이었다고. 남편도 구하지만 아들도 구한다고 할까. 산다고 허투루 세월만 보내서 나한테 아무것도 없잖아. 한꺼번에 다 얻는 것도 괜찮을 것 같아. 아버지 혼자 사신다며?"

"진심으로 하는 이야기예요?"

"아주 농담은 아니야. 어릴 때 아버지가 집에 안 들어왔어. 어디 갔나 했더니 다른 여자랑 산다는 거야. 난 중학생이었지. 최대한 새 옷으로 잘 차려입고 여자를 만나러 갔어. 여자에게 그렇게 살면 안 돼요, 어른이 돼서. 그렇게 말하고 아버지 내놓으라고 하려고. 그런데 여자를 보고 한마디도 못 했어."

"왜요?"

"모르겠어. 나를 싫어하지 않았어. 나도 그 여자가 싫지 않았고.

내가 정말 힘들고 말하기 어려운 게 있을 때 가끔 여자를 찾아갔어. 다 들어주고 그랬지. 네가 잘못한 게 아니야. 그리고 지나간 일이야. 거기서 나와. 그러고는 책을 선물하곤 했어. 가끔 편지도 보내주고. 모르는 여자가 엄마보다 좋았어. 처음으로 공감해준 사람인데, 아주 오래 알던 사람 같았어."

설마, 이런 이야기를 나누고 농담도 지껄였던 그녀가 우리 아버지가 데리고 온 여자라니. 세상은 좁다고 하지만, 아무래도 그녀가 의도적으로 접근한 건 아닌지 의심해보기도 했다. 하지만 아버지는 허허 웃으면서 미용실에서 파마하다가 알게 된 인연이라고 말했다. 아버지가 염색 대신 파마를 하고 머리를 길러 마치 정명훈 같은 스타일을 만들고 있을 때였다. 지휘봉만 들면 심각한 얼굴의 정명훈같이 보일 것도 같았다. 용기 있는 결단이었을까 아니면 여자에게 휘둘렸던 것일까. 그녀가 의도적으로 접근한 것은 아닌지 다시 생각해보았다. 그냥 파마하다가 알게 된 사이라는 그 말은 맞다. 우리는 어느 미용실에 가야 하나 자신이 없으니 대형마트 안의 미용실을 택했던 것이고, 거기에서 한 여자를 만난 것은 개연성이 없지는 않았다. 어쨌든 다니던 미용실을 이제 와서 어느 한 사람이 바꿀 필요가 없어졌다. 아버지가 빠르게 공개했으니 나도 뭐 감추고 할 것도 없었다.

그렇게 여자는 집에 와서 살았다. 아버지는 처음부터 결혼식 같은 것은 안 하고 혼인 신고부터 한 다음 천천히 세상에 알리겠다고 하였다. 혼인 신고는 할 거냐고 하면 "여보 언제 갈까?" 두 사람은 그렇게 딴청을 피우곤 했다. 아버지가 없는 밤에 둘이서 맥주도 마셔보면서 그녀의 심사를 알아보고 싶었지만, 그녀는 언제나 아버지 옆에 있었다. 미용실에도 계속 출근했고 퇴근 후에는 아버지와 한잔하고 와서는 곧장 방으로 들어가서 단둘이 마주치는 일이 없었다. 그녀의 미용실을 찾아갔다. 일할 땐 시간을 못 낸다면서 일이 끝나고 연락하겠다고 했다. 오후 늦게 카톡이 왔다.

"오늘 아버지에게 친구 만나고 간다고 할 테니 우리 둘이 술 한잔할래?"

모른 척했다.

며칠 후 눈이 오길래 창밖을 보고 있는데 문자가 왔다.

"눈이 온다. 볼래? 네가 쓸쓸할 것 같아서."

우리는 저녁을 먹고 자리를 옮겨 술을 마셨다.

"우리를 보고 남들은 뭐라고 할까?" 그렇게 물은 건 그녀였다.

"너, 나를 뭐라고 할 거니? 만일 네가 노래를 한다면 노래에서 말이야." 그녀는 재밌다는 듯이 계속 물었다.

"많은 걸 바라시네요. 이렇게 보는 것도 모자라서 이제 제 노래에도 등장하시고 싶으세요?"

"응. 너 생각해서 그래. 딱히 생각나는 사람 없으면 나라도 떠올리면서 작업하라고. 너 가사도 쓰고 그러잖아."

"근데 페드라. 그 이름은 별로예요."

"아, 난 하나라고 해."

"페드라가 차라리 낫다. 하나는 너무 착한 엄마 같아."

"난 네가 나를 좋아했으면 좋겠어. 난 네 아버지를 좋아하고, 네 아버지는 널 사랑하고…"

"아버지를 왜 좋아하세요?"

"알고 싶은지 모르겠지만 네가 모르는 게 있는데, 네 아빠 말이야. 네 친아빠 아니야."

"뭐라고요?"

"삼촌인 거 몰랐니?"

"이젠 알아야 하는 거군요."

"너희 아버지가 돌아가셔서 널 자식으로 키운 거래."

"아빠랑 엄마, 아니 그분들은 자신들의 인생은 없었대요?"

"응, 어머니와는 아이를 갖지 말자고 하셨다고 그러데. 네 아버지는, 그러니까 네 삼촌 내외는 너를 정말 사랑하신 거야. 사실대로 말하자면 조카잖아. 너 한 번이라도 친엄마가 아니라고 생각한 적 있어? 모자간이 아주 돈독했다고 그러던데."

아버지는 워낙 어디 얽매이는 것을 싫어하고 자유로운 것을 좋아하는 분이라 가족이 어울리지 않는 데다가 자식은 필요 없다는 주의였는데 그건 아마도 나를 키우려다 보니 더 굳어진 생각 같기도 하다고 하나 씨는 말했다. 하나 씨가 말해준 건 이게 다가 아니었다.

나의 친아버지는 자살했다는 사실을 알게 되었다. 부인이 도망가고 혼자 살면서 우울증에 시달린 아버지는 자식을 두고 자살했다고 한다. 알코올중독인 아버지는 숨이 끊어진 채 자기 형의 손에 발견되었다. 구사일생으로 살아남은 아들은 아버지의 형, 그러니까 큰아버지의 손에서 키워졌다.

나는 친아버지를 그리워하기 시작했다. 꿈에서 얼굴 없는 아버지가 나와서 방으로 들어오라고 하기도 하였다. "아버지!" 하고 외치면서 꿈에서 깼는데, 그게 지금의 아버지를 불렀던 것 같기도 하다. 나는 지금껏 아버지도 어머니도 없는 신세였다. 이제 와서 내가 엄마라고 알고 지낸 큰어머니를 대신해서 이번에는 착한 계모가 되고 싶은 하나 씨가 앞에 있었다. 왜 이렇게 나를 사랑해줄 어머니들이 끊이지 않는가. 아니다. 이젠 착한 계모가 되고 싶은 하나 씨의 아들 노릇을 더해야 하는 숙명을 부여받았을 뿐이다.

날이 가면서 우리는 식구가 되어갔다. 하루하루 설거지를 한다든지 화분을 나른다든지 추운 날 손을 감싸준다든지 하나 씨가 손을 잡아주는 일이 많아졌다. 아버지의 여자일 때는 반항을 했지만, 삼촌의 여자라고 하니 반항할 이유도 그닥 없어 보였다. 하지만 느낄 수 있었다. 하나 씨가 여자로서 나를 좋아한다는 것을. 나에게 하나 씨는, 여자로 좋아하기 이전에 사기꾼 같은 아버지보다 훨씬 더 기대고 싶은 유일한 사람이었다. 어떨 때는 먼저 가서 손을 잡아보고 싶기도 했다.

그러나 이 판은 아버지의 연극이었다. 인생이 연극이라고 하지만 나는 의지가 전혀 없는 마리오네트였다. 내 평생이 그런 것 같아 눈물이 났다. 걸음걸이도 생각도 인형처럼 기계적으로 얼빠진 사람처럼 움직였다. 삼촌인 아버지는 나를 아들로 정하였고, 나는 숙모인 어머니에게 아들을 낳을 권한을 빼앗았다. 어머니는 나를 키우면서도 아버지의 우울증과 시동생의 자살을 연관 지으며 아이에게 유전될 삶에 공포를 느껴 애정을 주지 못했을 것이다. 일부러 그랬다기보다는 그럴 수밖에 없는 환경이었다.

이해한다. 나의 친어머니도 아니지 않는가. 불쌍하신 분이다. 어머니는 매사에 자신은 조연이니까 어떤 상황에서도 사건을 좌지우지할 역할이 없으니까 그저 묵묵하게 견디다가 다른 무대로 가버린 것이다. 사실 이 대목에서는 나의 역할도 컸다. 내가 연출한 면이 있다. 어머니를 아버지 곁에 두는 것이 너무나 비정한 일이라고 생각해서 나는 어머니가 새로운 삶을 살게 해드리고 싶었다. 나는 어머니를 선택하지 않았고 아버지를 선택했다. 그리고 아버지가 주물러온 우리 가정을 다시 쓰고 싶었다. 아버지가 원하는 대로 해주고 싶지 않았다. 내 삶은 내가 개척하고 싶었다.

아버지가 데리고 온 여자, 새로 등장한 여자에게 빨리 적응하기는 쉽지 않았다. 하지만 가장 쉬운 방법은 내가 아버지의 여자를 사랑하게 되었다고 선포하고 드라마 한 편 찍는 일이었다. 그런데 이게 무슨 일인가. 아버지가 아버지가 아니라 삼촌이었다는 것을 알게 된 것이다. 나는 왜 늘 뒤늦게 뒤통수만 맞는가. 계모라면 모를까 삼촌이 새장가를 간다는데 내가 크게 질투할 일도 없을 것 같았다. 그리고 아버지는 나를 그리 사랑하는 분도 아니다. 의무감으로 키운 사람이다. 동생에 대한 애도와 원망이 아버지의 그림자였고, 나는 그림자의 실체였다. 내가 얼마나 끔찍하였을까. 동생의 우울증을 형으로서 알아차리거나 도와주지 못한 것을 후회하며 동생의 아들을 대신 키웠다. 아버지는 자신의 그림자는 감추고 자살 보다는 살자의 가치관을 가지고 끊임없이 삶의 균형을 이루어가고 있었다. 하나 씨와 관계도 퍽 자유로와 보였다. 그러다 보니 하나 씨는 누군가의 아내라는 역할보다 계모로서의 자신에 대한 실험에 더욱 관심을 갖고 눈을 돌린 것인지도 몰랐다.

계모 노릇이 장래 희망이라며 만족하고 있을까? 하나 씨의 마음이 알고 싶었다. 나에게 정말로 모성을 느끼고 있는 것일까? 하나 씨의 말이 떠올랐다. "나는 너희 아버지를 보고 결혼한 것이 아니야. 너를 보고 결혼했지."

이즈음 나에게는 새로운 서브플롯처럼 여자친구가 생겼다. 이 상황을 기대했다는 듯이 하나 씨는 매우 반겼다. 그런데 내 여자친구는 질투가 너무 심했다. 툭하면 화를 내고 툭하면 울었다. 나는 여자친구에게 헤어지자고 했다. 나의 무대에 네가 들어올 자리는 없다. 여자친구는 가버렸다. 문제는 조용히 간 것이 아니라 아버지에게 한번 만나자고 하더니 아버지 앞에서 술이 떡으로 취해서는 내가 아버지의 여자를 좋아한다고, 더 큰 문제는 당신의 여자가 아드님을 좋아해서 살고 있다고 말했다는 것이다. 나는 그렇게 깽판을 친 여자친구에게 어떻게 했으면 좋겠냐고 물었다. 그리고 여자친구에게 우리 결혼할래? 하고 물었더니 웃으면서 발길질을 하고, 안으려 했더니 뺨을 때렸다. 맞은 것은 난데, 소리 지르는 여자를 쳐다보던 사람들의 매운 시선이 나에게 꽂혔다.

그러는 사이에 바보 같은 시간은 흘러갔는데, 아버지는 내게 허락을 받을 일이 있다고 하였다. 이제 무슨 또 허락인가 했는데, 결혼도 아니고 둘이 1년살이를 하러 가겠다는 이야기였다. 두 사람은 나의 허락을 받은 후 아버지의 안식년에 동반 여행을 가겠다고 알려왔다. 결혼도 동거도 아닌 그렇다고 백 년 전에 유행한 계약 결혼도 아니고 여행의 동행자로 살기로 하였다는 것이다. 그들은 떠났다. 공항에서 그녀에게 카톡이 왔다.

"너의 낮은 우리의 밤일 것이고, 우리의 낮은 너의 밤일 거야. 풍경 사진 같은 것은 안 보낼게. 잘 지낼게. 잘 지내."

그들에게는 낮일 것이라는 밤에 창을 열었다. 그들에게는 해안을 걷는 뜨거운 날이겠지만 여기는 눈이 오는 밤이었다. 나의 세상은 처음부터 여기엔 없었다. 그렇지만 내가 가야 할 세상이 없는 것은 아니다. 눈이 날아와 내 눈 속에 내려앉아 녹는다. 눈물이 맺힌다.

나는 하루 종일 기타를 연주하며 노래하다가 밤에는 헤드폰을 끼고 누웠다. 친구들의 연락도 받지 않았다. 하나 씨의 카톡도 받지 않았다. 그리고 새벽이 되어서 편지를 썼다. 아버지의 방에 펜과 노트가 있어서 펜을 잡았다. 잉크에 묻힌 글자가 천천히 말랐다.

  당신이 우리 집에 왔을 때 나는 일어나지 않을 일을 상상했어요. 난 당신을 사랑하게 되고, 당신은 진정한 사랑이 나였음을 내가 사라진 뒤 알게 되는 거죠. 너무 식상한가요? 상상이 식상한 건 현실적이기 때문일 겁니다.
  창문을 열었어요. 바람이 불고 눈이 와요. 벌써 당신이 저기 와 있네요. 우리는 서로 이야기하지 않아도 알게 된 거네요. 우리는 서로 고백했었어요. 서로 몰랐을 뿐이지요. 그리고 상상했어요. 상상은 현실이 되었어요. 눈이 와요. 여행을 떠납니다. 언젠가 초대할게요. 당신은 내가 본 가장 좋은 사람이었어요. 우리는 몰랐을 뿐이에요. 미래를. 그래서 당신은 소설로 나는 노래로 말했어요. 나는 당신을 사랑합니다.

바닷가에서 천천히

떠오르는 것들이 사라지고 있어.

나도 같이 사라져.

　친구들은 자신들이 아는 친구 중에 나처럼 불행한 사람은 없다고 말한다. 이상하게도 나는 고통을 말하는 순간 모든 고통을 잊었다. 고통을 말하다 보면 그 불운 속에서 희한하게 몇 가지는 운이 좋은 편에 속한 일들이 떠올랐다. 그렇게 생각지도 못했던 행운을 발견하고 나면 기분이 좋아졌다. 그러면 친구들은 나의 행운을 부러워하거나 그 행운을 가져온 불운을 오히려 질투하기까지 했다. 불행은커녕 내가 천복이 있는 것 아닐까 그런 생각도 한다. 이러니 친구들이 싫어할밖에. 그들이 볼 때 난 걱정할 일은 걱정 안 하고 걱정하지 않아도 될 일을 가지고 걱정하는 성격이었다. 아니 걱정 같은 게 너무 없거나 무엇도 중요하거나 소중한 게 없는 것처럼 보여서 말도 안 되는 사람으로 보이는 것 같았다. 남을 무시하면 비판할 일이지만 스스로 자기 자신도 무시하니 할 말이 없는 것 같았다.

"그게 다 고통이란 녀석 때문이야." 이렇게 설명하기도 무안했다. 어차피 경험하지 않은 일은 듣기 단계부터 힘들다.

"앞이 캄캄하면 멈출 수밖에 없어. 그런데 어느새 어둠 속에서 작은 점 하나로 서 있는 내가 보이더라."

이렇게 말을 하니 더 좋아하지 않을 수밖에. 하지만 누구나 고통을 겪다 보면 어느 날 알게 된다. 세상과 등지던 자신이 세상에 얼마나 큰 빚을 지고 있는지. 그리고 오히려 묵묵히 더 큰 고통 속에 살아가는 존재들을 만나게 된다. 비바람에 꺾인 나무가 고통 속에서도 새로운 가지를 다른 편으로 뻗어나간 것을 보고 눈물을 흘린 적도 있다. 나는 몰랐다. 그 고통을. 나만 혼자 버려져 있던 것이 아니었구나. 그렇게 무관심한 자연과는 서로 통하게 되어 친구가 되기도 했다.

간혹 친구 중엔 내 불운 중 가늘게 비집고 들어온 행운마저 빼앗아 가기도 했다. 그것은 마치 방심하다 당한 소매치기 같았다. 어떻게 그 1밀리그램도 안 되는 행운까지 빼가냐, 자기가 가진 것은 천만 배도 더 많으면서 말이다. 자괴감에 사람들과는 멀어지고 나무와 구름, 돌과 계곡 등 자연과 벗하게 된 것은 그런 이유이다. 자연의 친구들하고 사귀다 보면 큰 걱정이 사라진다. 그리고 재미없는 현실보다 재미난 상상의 세계로 빠지는 것이 낫다는 생각이 든다. 그래서 사람들하고 만날 때는 내 이야기보다 재밌는 이야기를 전하곤 한다.

"내가 읽은 소설인데 제목이 생각이 안 나네." 이렇게 어수룩하게 시작하여 내 이야기를 가공해서 들려주곤 했다. 친구들은 상상 속의 이야기를 두고는 질투하지 않았다.

대학교 때 이런 일이 있었다. 동아리 친구에게 연애 상담 비슷한 것을 받았다. 내가 상담을 하자고 한 게 아니라 동아리 친구인 그녀가 자꾸 자기에게 상담을 받으라고 졸랐다. 훈수를 두고 싶은 모양이었다.

"연애한다는 애가 도무지 행복해 보이지 않아서 그래. 혼자 그러지 말고 이야기해봐. 잘하고 있는 거니? 봐봐. 즐겁지 않은데 무슨 연애야."

연애는 혼자 즐길 게 아니라 반드시 상담을 받아야 한다고도 했다. 자신이 선배도 아닌 마당에 나를 동생 취급하면서 마음이 절대로 놓이지 않는다는 표정으로 팔짱을 낀 채 내가 이야기하기를 기다렸다. 초등학교를 1년 일찍 들어간 나는 재수나 삼수를 한 친구들이 보기에는 어린애였다. 늘 동년배들에게는 왠지 동생 취급을 받아온 것 같았다. 그래서 연애 문제 같은 것은 내가 너무 몰라서 배울 만한 게 있을 거란 생각이 들어 고민 상담을 하기도 했다.

우리는 각자의 강의를 들으러 갈 때 외에는 민족통일연구회라는 이름의 동아리에서 살았다. 바야흐로 봄, 신입생을 상대로 동아리 소개를 준비하고 있었다. 나에게 참신한 생각이 있으면 내보라고 하길래, 네가 더 잘하잖아 하는 표정으로 앉아 있었다. 아마 그때 내가 타학교에서 온 학보를 가방 위에 올려놓고 있었던 것 같다. 그녀는 갑자기 그걸 집어 들고는 책상을 내리치면서 큰 소리로 말했다.

"정신 차리자. 우리가 지금 이러고 있을 때니?" 갑자기 소리를 지르면서 어색하게 나를 노려보았다. 그러고는 일어났다. 그리고 방을 나가기 전에 한마디를 덧붙였다.

"이 상황에서 웬 연애야?"

"연애? 누가?"

"네가 그럴 때가 아니잖아. 신입생 한 명이라도 만나야지. 그 시간 있으면."

"아, 신입생."

"오늘 신입생환영회 한다며. 누가 와야 환영을 하든가 말든가 하지."

"알았어. 신입생 오면 우리 같이 통일운동을 앞당기자. 잘 꼬실게."

내 말에 그녀는 휙 나가버렸다. 내가 늘 농담이나 하고 가벼워서 그리고 산만해서, 그 친구는 나를 싫어했다. 나를 싫어하는 사람에게 나도 관심은 없었다. 누군가 중요하다고 생각하는 일 외에 나는 다른 것도 하고 있었다. 산만하게.

아, 그랬다. 오늘은 동아리 신입생환영회였다. 그리고 학보를 보니 오늘이 그와 만나기로 한 날이었다. 신입생환영회에 있어야 할지 남자친구와의 약속에 갈 것인지 생각을 해보았다. 그러고 보니 어제 이 문제를 상담했던 것 같다. 연애질이나 하냐는 내용으로 나를 설득시킨 친구의 체면도 있고 해서 신입생환영회에 갔다.

신입생환영회에 신입생은 한 명뿐이었다. '만자'라는 이름의 신입생은 비록 한 명이지만 만 명과 견줄 만한 수확이라는 생각을 들게 했다. 성큼 문을 열고 들어오더니 꾸벅 인사를 했다.

"신입생 기다리시죠? 여기 왔습니다."

만자는 멋진 아이였다. 내가 뭘 어찌할지 몰라 쳐다만 보고 있었더니 웃으며 앉았다.

"우리 이제 뭘 해볼까요?"

만자는 그냥 멋있었다. 전공은 국문과였다. 왠지 어느 날 소설가가 된 만자가 이날을 기록할 것 같았다. 만자에게 동아리 소개를 했다. 그러다 시계를 봤나, 만자가 웃으며 말했다.

"선배님 약속 있으신가 봐요. 오늘은 이만하시고 다음에 만나주세요. 그땐 주점에서 막걸리 한잔 사주셔야 해요."

만자와 나는 앞으로 동아리방에서 둘이서만 자주 마주칠 것 같다는 예감이 들었다. 연애상담을 해주었던 동급생 동아리 친구는 끝내 오지 않았다. 무슨 일이 있어서 못 왔나 보다고 생각했다. 통일운동을 앞당기느라 더 중요한 일이 생겼기 때문이라고 생각했다. 만자랑 놀다 보니 근처 학교에 '세계평화연구회'라는 동아리 회원이던 남자친구와의 약속은 까맣게 잊고 있었다.

"오늘은 그만하고 다음에 술 한잔 사주세요, 다른 약속은 없으세요?"

다른 약속은 없냐고 하는 바람에 떠올리게 되었던 남자친구와의 만남이 아쉽지는 않았다. 그리고 진지하게 신입생을 만나느라고 희생했다는 생각도 들지 않았다. 그저 재밌는 시간을 보내다 보니 깜빡한 것처럼 느껴졌다. 만자랑 걸어 나오는 교정은 이미 조용하게 어둠이 내려앉고 있었다.

"얼른 가보세요. 저는 전철을 타야 해서 이쪽으로 갈게요."

벚꽃이 바람에 흩날리고 있었다. 이날의 향기를 기억하게 될 것 같았다. 봄날 6시였다. 약속은 다섯 시였다. 나는 이상하게 세월이 지나도 이 시간이 기억난다. 후배와 헤어지고 늦어진 약속 장소로 혼자 걷던 시간. 언젠가 동아리 모임에 나갔을 때 여자 선배가 그런 말을 했다.

"늙나 봐. 이젠 그리움이란 게 뭔지 모르겠어. 아무도 아무것도 그립지가 않아."

나도 이제 그리움은 없다. 아무도 그립지는 않으나 그날 그 시간이 그립다. 제대로 하는 것 없이 그저 시간 안에서도 걷지 못하고 혼자 튕겨져 있는 느낌. 그러나 봄날 향기가 있어서 행복했던 시간.

그저, 그 시절에서 등을 돌려 걸어 나왔던 내가 그리고 그때 공기와 바람과 빛이 궁금하다. 그때 그 맛이 아니야, 그때 그 골목과는 어쩐지 달라 그러듯, 완전히 그 시간으로 돌아갈 수는 없다는 사실만이 가장 아쉽다. 그립다.

나는 등을 돌리고 멀어져가는 만자를 보다가 돌아서서 뛰었다. 나의 동아리 '민족통일연구회'를 나와서 남자친구의 동아리 '세계평화연구회'를 찾아갔다. 젊은 시절에는 내가 사는 인생인데도 앞에 무엇이 펼쳐질지 긴장감으로 책장을 넘기듯이 마주했던 것 같다. 친구를 만날 수 있을까? 오늘 밤은 무슨 일이 생길까? 나와 그는 앞으로 어떻게 될까? 그렇게 걷다가 그만 발을 헛디뎌 넘어지고 말았다. 무릎에서 피가 났다. 돌부리에 찍혀 제법 큰 상처였다. 일단 약속 장소로 가자. 그리고 그 친구의 도움으로 응급처치를 받자. 약국을 가든지 병원을 가든지. 겨우겨우 천천히 발을 옮겨 그곳에 찾아갔을 때 그곳에 남자친구는 없었다. 여자친구를 기다리다 여자친구가 찾아와서 같이 밖으로 나갔다고 누군가 전했다. 자기들끼리 키득거리기도 했다. 나는 지금도 오른쪽 무릎에 움푹 패었던 자국이 있다. 그리고 그때 뒤에서 수군대던 말도 기억난다.

"하루에 몇 명이나 여자가 찾아오는 거야?"

그다음은 기억나지 않는다. 이별 같은 것도 없었다. 어떤 오해가 있었던 것인지, 내 인생은 그에 대해 아무것도 기록하지 않았다. 아마도 그 순간 나의 자존심은 모든 것을 잊어버리라고 명령한 것 같다. 내 남자친구와 함께 나간 여자친구가 누구일지 궁금해하는 것조차 구차했다. 이런 문제로 나를 고통에 빠지게 하는 관계라면 애초에 지우고 싶었던 것 같다. 그리고 더 중요한 것은 그날 이후 누구든 어떠한 해명도 없었고, 우리가 다툰 적도 없고 이별한 적은 더더욱 없으며 그냥 멀어졌다. 서로에게 별로 중요하지 않았을지도 모른다. 무슨 일이 생겨 나를 멀리한 건지도 모른다. 내가 아닌 다른 누구와 사랑했을 수도 있다. 다 괜찮다. 세계평화에는 아무 지장이 없다. 내 자존의 평화, 지금은 모든 게 정상이다. 모를 일이긴 하다. 간혹 비가 오거나 유행가가 흐르면 울컥하는 거, 그건 지난날의 감정을 잊고 있다가 나오는 건지도 모를 일이다.

비가 오거나 흐린 날이면 만자와 자주 술을 마셨다. 민족통일연구회에는 만자와 나만 남아 하나가 되어갔다. 내 인생에서 이별 없이 사라진 존재들을 잊어가고 있었다. 비가 와서 그랬을 것이다. 만자에게 나는 물었던 것 같다. "남자친구가 그러더라. 자신을 남자로 사랑하는 게 맞는 거냐고?" 만자는 내게 물었다.

"언니 키스는 했죠?"

만자의 소식을 찾던 어느 날, '세계평화연구회'의 그 남자친구에게 연락이 왔다. 그는 세계평화연구를 하는 연구자는 아니었다. 그가 식당을 예약했고 커피도 사주었다. 나는 얻어먹었다. 우리는 서로 살아온 이야기를 간단히 했다. 그는 자기 부인이 험난한 고통을 함께해주었는데, 내가 자기에게 시집을 왔더라도 고생했을 거란 말을 했다. 내가 왜 너한테 시집을 가는데? 물어보려는데 예전의 그날 의문을 풀어주었다.

"그 친구 이름이 뭐였더라? 네 동아리 친구. 그 친구가 나를 찾아왔었어. 5월이었지. 축제였던가?"

"그래?"

"술을 많이 마셨어."

"그 친구는 술을 못 마시는데."

"술을 많이 먹게 됐지."

"그런데?"

"그래서 여관에 갔어."

아무 대답도 하지 않았다. 정경을 그리면서 좀 더 풍부하게 이야기해주길 기다렸다.

"어차피 늦게 듣는 이야기인데 싱겁거나 재미없기만 해봐."

"너무 술에 취해서 잠이 들었거든."

"그랬는데…?"

"네가 상상하는 거랑은 달라. 잘 눕혀주고 가려는데 날 붙잡더라."

좀 재밌어진다. 그래서? 하고 묻고 싶었지만 그냥 물 한 모금을 마셨다. 그가 내 물컵에 물을 더 채워주고 계속 말을 이었다.

"왜 자기는 안 되냐고."

"안 되냐니?"

"사귀고 싶다고 했어."

나는 그저 고개만 끄덕끄덕하고 앉아 있었다.

"하여튼 잘 달래서 같은 동네 또 다른 여자애를 불러내서 대신 맡기고 나왔어."

난 그 애가 불러냈다는 그 친구도 잘 알았다. 동네 친구였다. 그런데 그 애한테도 그날 밤 일을 들은 적이 없다. 아, 난 참 바보였구나. 나만 모르는 사실을 벌써 세 사람이 공유한 채 나는 지금 이런 일을 듣는구나. 이 사건은 나만 모르는 이야기였다. 나를 비껴가는 인연에 대해서 연연해하고 싶지 않다면서 눈과 귀를 닫고 무관심으로 살았다.

언젠가부터 내가 세상에 뒤처진다는 것을 느끼게 되었다. 내가 모르는 정보를 나보다 많은 사람들이 공유하는 것 같을 때, 나는 세상에 초연한 게 아니라 그냥 무디고 느려진 거였다. 그래도 내 예의 바른 무관심은 나를 지켜주었다. 그리고 다른 사람에 대해서도 묻지 않고 그저 상상했다. 나는 나에 대해서는 이렇게 상상했다. 가장 아름다운 시절은 젊은 날의 실연이라고. 그걸 너희들이 빼앗아 갈 수는 없다. 나는 실연의 시절을 혼자서 슬프게 예의 바르게 잘 통과해냈다.

그런데 만자에 대해서는 가끔 궁금해졌다. 우울한 날엔 더 그랬다. 갑자기 죽었을지도 모른다는 생각이 들었다. 아무도 그 애를 모르는 것 같았고, 나도 그 애에 대해서 누구와 이야기 나눈 적이 없는 것 같았다. 만자의 소식이 자꾸 궁금해졌다. 왠지 그 싱그럽게 웃는 미소는 지금의 나날과는 닮지 않은 모습이어서, 그런 아이는 아무리 먼 나라로 이민을 갔다 해도 이렇게 소식이 없는 것은 기쁜 어딘가로 자기 스스로 가버렸을 것 같은 생각이 들고 또 들었다.

살아 있다면 만나고 싶었다. 이런 와중에도 나에게 미스터리를 풀어준 평화를 연구하던 그가 나에게 문자를 남겼다. 아니, 오랜만에 만나고 돌아온 그날 보낸 문자였는데 내가 확인을 뒤늦게 한 것이다.「네가 첫사랑이었어.」

문득 한 장면이 떠오르면서 궁금해졌다. 우리 집, 골목에서 불발로 끝난 입맞춤을 그는 키스라고 생각할까, 아닐까? 술이 떡이 된 친구랑은 그날 밤 여관에서 키스하지 않았을까? 아무래도 나와 그는 키스 불발 사이였다. 키스 불발의 첫사랑은 지지고 볶지 않은 막 씻어놓은 생채소 같다. 나는 이렇게 누구도 가져갈 수 없는 풋풋한 기억을 소유하고는 경쟁에서 이긴 느낌이 들었다. 불행도 행복으로 만드는 재주는 다시 말하자면 불행에 대한 예의 바른 무관심이다. 더는 궁금하지 않았다. 소매치기당하고 나서 감정을 가지면 뭐 하나. 더는 감정을 갖지 말자. 그러고 나니 사람들의 불친절에 대해서도 거리를 둘 수 있었다. 내가 이혼했을 때 엄마는 그랬다. 한 오 년만 일찍 하지, 이제 재혼이라고 할 수 있겠냐고. 그 뒤 내가 재혼하자 세상 불합리하다는 표정으로 눈도 마주치지 않았다. 재혼한 남편을 투명인간 취급하면서 딱 한 번 우리를 앞에 두고 엄마와 자매, 세 사람이 팔짱을 끼고 따졌다. 혼인 신고는 안 할 거지? 그리고 한 번 더 눈을 마주치고 말했다. 왜 허락받지 않고 혼인 신고를 한 거냐?

살다 보니 다른 사람의 말이나 기분에 휘둘리지는 않게 되었다. 그러다 보니 이제 나의 관심은 죽음이 되었다. 죽음이 내게 먼저 말을 전해왔다. 시베리아횡단 열차를 탔던 밤에도 그랬다. 백야의 일몰에서 백야의 여명 사이 차창 밖을 내다보았다. 차창 밖을 내다보다가 눈을 감으면 죽음이 보였다. 차창에 기댄 채 가다가 나도 모르는 사이 누웠던 것 같다. 누워서 눈을 감았다가 다시 눈을 질끈 뜨고 차창 밖으로 고개를 돌렸다. 차창 밖을 바라보다가 눈을 감은 사이였던가. 아니 눈을 감은 게 아니었는데 내게 다가오는 사람들이 있었다. 내 아이를 데려간 전 남편과 그의 아내였다. 그들은 내게 미안하다면서 할 말이 없다고 했다. 나는 일어서서 그들이 아니라 그들 뒤를 보았다. 천국이 보였다. 천국의 문은 열려 있었다. 낮에 성당에서 본 아기를 안은 성모마리아의 그림이 어른거렸다. 나는 천국의 문이 닫히기 전에 이 열차에서 내려야 한다고 생각했다. 눈을 떴다. 기차가 도착해 있었다.

한국으로 돌아와서 내 오피스텔 문을 열고 짐을 내려놓는데 전화가 왔다. 아이가 중환자실에 있는데 연명치료는 친모의 수락도 필요해서 전화했다는 것이다. 나는 연명치료를 반대했다. 하지만 연명치료를 하겠다는 계모의 단호함에 물러설 수밖에 없었다. 자신들이 해야 할 의무를 다하게 해달라는 애원 같았다. 나는 예의 바르게 참았다. 아이의 고통을 보는 것도 참았다. 그러나 아이한테는 못할 짓이었다.

아이는 연명치료 와중에 내가 방문한 그날 나에게만 자신의 마지막을 보여주었다. 나는 죽음은 예측했지만 죽음 후에 그 아이가 어디로 가는지 알 수 없었다. 연명치료는 그것을 알려주었다. 아이는 나에게 오겠다고 했다. 천국이 되어가고 있는 내 가슴의 박동을 느꼈다.

풍랑을 만난 배 안에서도 나는 죽음을 보았다. 시모노세키에서 부산항으로 돌아오는 배 안에서 나는 깊은 잠을 자지 못했다. 한 시 무렵부터 눈을 떠서는 한 시, 두 시, 세 시, 네 시까지 계속 십 분 단위로 시계를 봐야 했다. 눈을 감으면 죽을 것 같았다. 파도가 출렁거리고 배는 그 파도를 이기지 못해서 이제 곧 전복하고 말 것 같았다. 코를 고는 남편이 고마웠다. 그냥 저렇게 죽어버리면 슬프지도 않고 두렵지도 않을지 모르겠다고 생각하며 깨우지 않았다. 하지만 우리가 죽게 되면 서로 말이라도 한마디 더 하고 마지막을 의미 있게 보내야 하지 않을까 해서 깨우러 일어났다. 우리는 이층 침대를 쓰는 일등석을 이용했다. 그래서 편하게 가고 있었고 바다가 내다보이는 창도 있었다. 나는 비틀거리며 창가로 갔다. 남편을 깨우기보다 마지막 순간 나에게 무슨 말을 하고 싶은지 묻고 싶어서였다. 그런데 창가로 가서 내다본 바다는 그야말로 평온했고 항해사는 정말 운전 하나는 제대로 하는 것 같았다. 순항이었다. 나는 자리로 돌아왔다. 눈을 감았다. 그리고 생각했다. 시베리아횡단열차에서 보았던 죽음처럼 오늘 밤 누군가 사경을 헤매거나 죽음을 맞이하고 있다는 생각이 들었다. 돌아가신 아버지가 서 계셨다.

"아버지, 저 좀 데려가세요. 전 아버지 계신 곳도 궁금하고, 이젠 여기 이곳에 대해서 그다지 궁금한 것도 없어요."

아버지는 코를 고는 남편을 바라보았다. 나도 같이 남편을 보았다. 그래, 더 산다면 저 사람과 같이 더 사는 것, 그 이유 하나밖에 남은 것은 없다고 생각하며 다시 잠을 청했다. 누군가가 나를 깨웠다. 남편이었다.

"벌써 도착했어, 부산이야."

도착했으니 다시 시작인가. 집에 돌아와서 밤새 못 잔 잠을 보충하느라 간단히 씻고 바로 누웠다. 잠이 오라고 텔레비전을 틀어놓았는데, 어느 시인의 부고 뉴스에 일어나 앉았다. 시인의 시에 곡을 붙인 노래 〈민주〉가 떠올라 나도 모르게 흥얼거렸다.

"너는 햇살 햇살이었다. 산다는 일 고달프고 답답해도. 네가 있는 곳 찬란하게 빛나고 네가 가는 길 환하게 밝았다…"

만자가 노래하던 오후의 풍경이 떠올랐다. 청바지를 입고 때가 탄 흰 운동화를 신은 만자의 모습이 기억났다. 아름다운 노랫말을 가슴에 담은 그 친구, 그 노랫말을 만든 시인. 나는 시인의 부고가 믿기지 않았다. 왠지 지금 어느 시골 주막에서 낮술을 마시고 있을 것 같았다. 만자처럼 만나면 기분 좋은 친구 같은 여자와 주거니 받거니 하며 복사꽃 떨어진 하루를 아쉬워하고 있을 것 같았다. 주막의 주모는 내가 아는 후배 만자로 보이고, 시인은 훨씬 젊은 나이의 청년이 되어 있었다. 만자는 소설가가 되어 있을까?

*

시골로 이사 와서 심심했나 보다. 문화재단에 지원서를 냈다. 소식이 없는 것으로 봐서 떨어진 것 같다. 남편에게 이야기하니 매일 하는 이야기를 한다.

"갤러리는 되지 말자고 했잖아."

엊그제 돌아가신 시인 생각이 났다. 그 역시 시골에 살고 있었는데 시인이 되려면 일단 서울로 가자면서 소매를 끌고 올라간 동향의 선배 덕분에 서울살이를 시작하고 시집도 내게 되었다는 이야기를 읽은 적이 있다. 시인이 내게 말하는 것 같았다. 시골에만 있지 말고 가끔 서울도 가보고, 시골에 있으면서 집에만 있지 말고 사람들도 만나고 일도 좀 만들어보라고 무언으로 말하는 것 같았다. 그리고 생각했다. 소설을 쓰는 것은 나이지만 읽는 것은 읽는 사람 마음이다. 읽힌다는 것은 나의 행위가 아니고 독자의 행위이다. 독자를 만난다는 것은 독자를 찾겠다는 것이다. 그런데 예술가는 자신을 읽어주는 사람이 없어서 예술이란 장소로 도피한 게 아닐까. 독자를 만난다는 것은 자신과 코드가 맞는 독자를 찾는 일이다. 나는 내 글을 다시 읽고 있었다. 나도 내 글을 읽지 않는다면 누가 읽겠는가. 나는 내 글의 독자가 되고 내 글의 인물들이 되고 내 글이 되어야 한다.

우리 집은 시골이라서 사람들이 오지 않았다. 점심 장사만 하고 저녁엔 혼자 밥해 먹고 술이나 마시다 잠들면 그만이었다. 그런데 어느 날 그 남자가 왔다. 우리 집은 강이 바라보이는 집이라서 가끔 누군가 지나가다 오늘 밤은 배가 끊겼으니 잠을 청해도 되겠냐고 물어오는 사람이 있길 기다렸다. 그런데 그때 남자가 왔다.

그리고 이젠 오지 않는다. 내가 더 낡기 전에 찾아 나서야겠다. 그는 아직 다 건너지 못했을지도 모른다. 더 기다릴 수가 없다. 그가 가버렸다면 돌아올 날이 있을 거라고 해서 기다렸는데, 나는 날마다 낡아가고 있다. 나는 거리로 나왔다. 지나가는 사람도 없었다. 그에게 소원을 물어본 적이 있었다. 그저 행인일 뿐이며 끝까지 행인 역할을 잘하고 가는 게 소원이라고 했다. 술을 마셨다. 나는 나를 떠난 남자들에 대해서 말했다. 그리고 울었고, 그는 술을 마셨다. 우리는 그날 밤 라면까지 끓여 먹고 새벽에 서로 부둥켜안고 잠든 것을 알았다. 눈을 뜨니 그 남자는 없었다.

  아침에 눈을 떴을 때, 나는 돌아가신 시인의 서사시 「남한강」이 섞인 한 편의 드라마를 꿈꿨구나 하며 웃었다. 시인은 고향으로 잘 돌아가셨을까.
  이제 누군가 죽는 꿈을 꾸더라도 두렵지 않다. 만일 꿈이 아니고 실제로 그들과 함께 있다는 걸 알게 되면 그때도 두렵지 않을까? 나는 내 집이 무덤이고 그래서 이제 깊은 밤 별들도 더 잘 보인다는 생각이 들었다. 아버지는 언제 다시 다니러 오시려나.
  사람들이 살아 있는 이유는 그래도 자신이 현명하다는 혹은 현명했다는 것을 밝히고 싶어서라고 한다. 카프카가 떠오른다. "인정도 못 받는 소설가로 죽어간다. 친구여, 나는 이제 더는 소설 한 줄도 못 쓸 것 같아 더욱더 절망적이다. 내 모든 글을 태워 없애다오." 카프카의 이 편지는 지금 한화로 2억 원에 가깝게 팔렸다는 기사를 보았다. 사람들은 남의 불행도 고통도 시기한다. 그 속에서 한 줄기 행운이 있다고 믿는다. 그 행운을 불행의 주인공은 맛보지도 못했는데 그것만을 소매치기하고 싶어 하는 게 아니겠는가. 카프카의 소설을 읽으며 소설을 못 써서 생기는 고통에 대해 생각하던 중에 만자를 생각했다. 만자를 만나고 싶으면 기대하는 만자에 관한 소설을 써보자고 생각했다. 만자와 대화를 하면 쓸 수 있을 것 같았다.

만자에게 편지를 쓰기 시작했다. 나의 이메일 계정을 하나 더 만들고 만자라고 했다. 그리고 편지를 썼다.

"만자야. 너를 보여줘. 너를 만나고 싶어. 네가 겪은 고통을, 네가 느낀 행복을. 내가 쓰고 너를 찾아갈게."

매일 아침마다 메일부터 살펴보던 어느 날 답장이 왔다.

"화장실에 놓고 나온 핸드폰을 들고 나오다가 그만 미끄러졌나 봐. 소설은 이렇지 않을 텐데 나는 그냥 허무하게 죽나 봐. 핸드폰이 뭐라고…. 그걸 잡다가 넘어진 거야. 그래도 너의 메일을 보게 되어서 다행이야. 나는 한참 후에 발견되겠지? 누군가가 나를 찾아준다면 하고 정말 참 오랫동안 바랐지만 소용이 없었어. 넌 나보다 일 년 선배였지만 내가 너보다 세 살 많은 거 알지? 미안해 선배한테 계속 반말을 해서. 이제 말할 수 있는데 우린 서로 좋아했어. 난 네가 잘되는 게 좋았어. 잘되었으면 했어. 그럼 좋아하는 것 맞지? 난 네가 행복하기를 바랐는데, 넌 내게 그랬어. 날 보고 있으면 행복하다고."

*

문화재단은 공모에서 떨어진 탈락자들도 지원 설명을 위한 간담회에 초청하였다. 어떻게 나에게 연락을 다 주었지 궁금해서 물어보니 지원서에 적힌 정보를 이용했다고 설명을 해주었다. 갤러리가 되지 말라는 남편의 말에도 불구하고 나들이 삼아 갔다. 시골 생활은 바쁘지 않으니까. 예술가를 위한 심리상담 지원을 해준다는 말에 옆에 앉은 시인이 말했다.

"예술가들이 자신의 심리를 치유하려는 과정이 시고 소설이고 예술인데 그들에게 심리상담을 해준다니 그건 필요 없을 것 같네요. 행정적으로 필요한 서류작성 따위를 도와준다면 모를까."

그렇게 말하며 일어서는데 심하게 다리를 절룩였다. 당당함을 더해주는 걸음걸이였다. 나는 내 친구 만자를 보는 것 같았다. 만자가 나이를 먹어서는 저런 모습일지도 모르겠다고 생각했다.

사람들이란 막상 자신을 모른다는 게 문제이다. 예술은 그런 과정을 돕는 길이다. 때로는 비참함이고 대개는 충격이다. 그러나 그 비참함을 피해 가는 것은 모두 비예술적이다. 가장 대표적인 비예술적인 행위는 줄서기라는 생각이 든다. 권위에 대한 복종이야말로 비예술이다. 맛집 앞에서 번호표를 뽑고 기다리면서 무언가 행운을 타인보다 먼저 차지하겠다는 얼굴을 하는 게 가장 비예술적이다. 맛도 모르고 맛집도 구별 못 하면서 이미 이룩해놓은 권위에 복종하는 행위를 말하는 것이다. 권위를 연장하고 권위를 무너지지 않게 하려는 모사에 갤러리가 되는 일, 그런 일 따위에 스스로 가담한 사람이어서는 안 된다. 가보지 않은 길로 조용히 걷고 있는 사람이 있다면 그가 예술가일 것이다. 소설을 읽는다는 것은 남이 가보지 않은 길에 혼자 서보는 것이고 혼자 걷는 일이다. 쓰는 것은 더욱더 그렇겠지만 읽는 것도 마찬가지이다. 명의라고 소문난 의사도 자기 방 안에서 바둑을 두다가 사람이 모이면 잠깐 나와 일사천리로 진료를 하고 다시 들어가서 바둑을 둔다고 한다. 그러다가 또 사람이 모이고 줄이 세워지기를 천천히 바둑을 두면서 기다리는 것이다. 사람들은 줄을 서면서 권위를 만들고 권위에 가담하면서 병이 나을 것 같은 착각으로 위로받는 것이다. 누군가에게 들었던 바둑 이야기 아니 바둑 두는 의사 이야기를 떠올리면서 그 모임을 먼저 나왔다. 옆 사람이 조금만 있다가 같이 사진도 찍고 연락처도 나누고 커피도 한잔하러 가자고 하였다. 집에 손님이 갑자기 와서 가봐야 한다고 말했다.

돌아오니 어느새 날이 저물고 있었다. 집 앞에 가까운 편의점이 있는데 편의점 바깥에 놓여진 테이블에는 저녁이 되면 맥주를 부려놓고 마시는 사람들이 있었다. 사람들에겐 이야깃거리가 술안주가 된다. 지나가는 길에 이야기가 들리면 안 들을 수가 없다.

"그래, 넌 그 사람이랑 헤어지기로 한 거야?"

한 친구가 상담역할을 하면서 친구의 고민을 들어주고 있었다.

"헤어지기로 한 거야? 아니야? 도대체 뭐니? 오늘 딱 이 시간에 나한테 말해. 그리고 결정해. 넌 그 사람이랑 헤어지기로 한 거야? 아니야?"

난 집으로 들어오며 모르는 사람에게 말해주고 있었다.

"말하지 마. 네가 헤어지든 말든 뭔 상관이냐. 오지랖이다. 오지

랖은 웃옷의 앞자락을 말한다. 앞자락이 넓으면 간섭을 하기보다 춤을 출 일이다. 왜 처용이 춤을 추었겠나. 불륜 현장을 발견한 사내가 격분하지도 않고 그렇다고 차분하게 아내를 병원으로 데려가 남아 있는 정자의 흔적을 증거로 제시하지도 않았다. 그냥 춤을 추었다. 대개 요즘 남자들은 격분하기보다는 차분하다. 이혼소송을 걸었을 때 유책 배우자가 이혼당할 수 있으며 위자료나 재산분할에서도 이성적인 편이 유리하기 때문이겠지. 격분하면 진다. 자신들이 피해자이면서 오히려 억울한 입장이 되어 이혼을 당하고야 마는 경우들이 대개 그렇다. 조용히 헤어지고 면밀히 대응해라. 아니면 처용이 훨씬 현명하다. 그냥 춤을 추고 있어라."

"현장을 잡고도 그 어떤 조치도 없이 춤을 추다니 대단한 내공이잖아."

동네를 한 바퀴 도는데 만자의 그림자가 나타나 말을 걸었다. 동네의 구석진 곳에 작은 못이 있는데 거기가 어둑하고 조용했다. 별빛 아래 좀 더 이야기를 나누었다.

"봄이다 싶었는데 벌써 여름이네."
"청포도가 익어가는 계절이 언제인지 알아?"
"칠월이겠지?"
"일월이야. 시인이 감옥에서 죽어간 날이 1월 16일이래. 한겨울이지."

"만자, 네 생일 아니야?"

"내 생일을 기억하네?"

"초코파이에 성냥 꽂아서 놀았잖아. 냉장고 같던 동아리방에서 말이야."

"신입생이 열 명은 되었는데 결국 남은 사람은 너 한 사람뿐이었어."

"허무했겠다."

"허무하지 않은 일이 뭐가 있겠니?"

"우리는 언제부터 대화를 한 거지?"

"시간을 묻는 거야?"

"오늘 별이 잘 보인다."

"저 별에서 보면 우리가 겪은 모든 일은 오 분 안에도 말할 만큼 단순할지도 몰라."

"그러네. 세상은 다녀오기 쉬운 짧은 구간일지도 몰라. 오 분도 안 걸릴 수도 있겠어."

"별들은 무덤이지만, 영산홍은 일만 개의 밤이다.「대지진」이란 시 한 대목이지? 김춘수."

"별을 보면 얼굴이 떠오르고 꽃을 보면 이야기가 생각나…."

"만자야. 카프카가 안전모를 발명했다는 거 알아? 카프카는 직장에 근무하면서 소설을 썼는데 그는 사람들이 원치 않는 환경으로 인해 죽기를 바라지 않았어. 그래서 퇴근하고 집에 오면 소설을 썼고, 그것도 부족해서 작업장에서 일하는 노동자를 보면서 생각했지. 그리고 산재로 인한 기업의 위기를 막고 경영악화를 줄이기 위해서 고안하지. 노동자에게 작업 안전모를 씌우자. 노동자 상해보험회사에서 법률고문으로 일했던 법학 전공의 문학가가 한 일을 보면 그가 문학에서도 무엇을 위해 일했는지가 보이는 것 같지 않니?"

 그날 밤 초저녁잠에 빠졌는데 일어나 보니 만자가 내 옆에 누워 있었다. 내가 자기를 의식하자 만자는 일어나 창밖으로 걸어가는데 발소리는 들리지 않았다. 그녀가 나와 눈을 마주 보며 이야기한 것은 아니어서 만자의 생김새를 확인할 길이 없었다. 그저 내가 생각한 목소리로 그녀는 말하고 있었다.
 "무언가 기르고 돌보는 것은 가지를 치는 일이고, 죽어가는 것은 잘 뽑아주는 일 같아. 작은 잎 하나가 시들었는데 뽑아도 되지?"
 그녀는 웅크리고 앉아서는 화분을 하나하나 살피고 잎을 만지고 마른 잎은 뽑아내고 하였다.
 "가을에 시드는 작은 잎같이 죽어버리고 싶었거든. 그래야 만날 수 있으니까. 모르는 세계를."
 그리고 만자는 사라졌다. 일어나 시계를 보았다. 시계가 멈춰 있었다. 햇살이 기울고 있는 것 같은데, 내 시계는 다섯 시라고 알려주고 있었다. 다른 하루가 시작되어 벌써 저물 때가 되어 있었다.

카프카의 접힌 부분을 폈다.

"걱정이 내 안에 존재하는 어떤 층까지 꿰뚫고 들어가면 불평이 확실히 그친다."

봄날

등장인물

복이
복이 엄마
원효대사
복이 할아버지
세기의 춤꾼(여)
시인(남)

복이, 원효

 나는 숨을 잘 쉬지 못했습니다. 잘 걷지도 못했구요. 그냥 이생에서는 불편했습니다. 내가 좋아하는 것은 엄마와 물속에서 노는 것이었습니다. 엄마와 욕조에서 물소리를 들으며 몸에 힘을 다 풀고 있으면 그나마 이생도 견딜 만했지요. 엄마는 어느 날부터 목욕할 때 물고기를 넣어주었습니다. 빨간 금붕어였어요. 금붕어가 나를 스치고 지나갈 때마다 행복했습니다. 엄마에게 말했어요.
 "엄마, 욕조가 너무 좁아요. 조금 넓고 시원한 곳으로 데려가 주세요." 엄마랑 개울로 나왔습니다. 그리고 엄마와 나는 개울에서 한참을 놀았습니다. 나는 많이 아팠습니다. 그날 밤 열이 40도까지 올랐고 엄마는 응급실에 전화했습니다. 간호사는 집에 있는 얼음을 쏟아부어 아이를 넣어놓으라고 말했어요. 나는 차가운 얼음 속에서 기절하고 말았습니다.

눈을 뜨니 어떤 산사가 있는 계곡이었어요. 나는 나이가 들었고 엄마는 늙었습니다. 엄마가 죽어가고 있어요. 나는 여전히 걷지를 못해서 기어다녀요. 나는 걸을 수는 없었지만 몸을 일으켜서 조금이라도 서 있는 모습을 SNS에 올렸어요. 엄마가 죽으면 어떻게 장사를 지내드려야 하나 고민도 되었어요. 그리고 엄마가 조금이라도 정신이 있을 때 내가 몸을 일으켜 세우기라도 하는 모습을 보여주고 싶어서 날마다 연습을 했습니다. 그리고 그것이 조금씩 나아지는지 살피기 위해 촬영을 했고 영상일지를 공개했지요. 친구 수가 늘었습니다. 특히 사상가 철학자 예술가 그런 훌륭한 사람들도 보였습니다. 그들은 나의 모습을 보고 각자 평가를 하고 또 그 평가를 두고 서로 논쟁을 하곤 했지요. 어머니가 숨을 거둔 날 바로 그때였어요. 이생에 두면 안 될 시신을 대체 어찌해야 할지 몰라 마음이 급해지기 시작했을 때였어요. 누군가가 나에게 다가왔어요.

"여보게, 나를 모르겠나. 나는 원효라고 하네. 지금 국토를 종단하며 세상에 대해 절망한 내 자신을 돌아보는 중이지. 나의 이야기는 삼국유사에도 기록되어 있지. 그나저나 여기서 자네를 만나니 너무 반갑네. SNS를 통해 자네를 알았네. 자네가 젊은 사람들을 중심으로 입소문을 타서 큰 영향을 미치는 인플루언서라는 것을 알았어. 말이 아닌 몸의 시대에 불완전한 몸을 가지고 자네는 예술과 사상을 보여준다고들 하더라고. 그런데 지금 자네에게 무슨 상황이 벌어진 것인지 모르겠네. 너무나 절망적으로 보이는데."

원효는 목이 마르면 해골에 고여 있는 물도 달게 먹던 사람이라던데 이번엔 무엇에 목말라 나를 찾아왔을까 궁금했습니다. 나에게는 어머니의 죽음과 이제 어머니가 떠나시면 어디로 가는 것일지가 궁금할 따름이었어요. 어머니는 오신 그곳으로 돌아가실 거라는 생각을 하는 중이었습니다. 이생이 아닌 저생은 분명히 있어요. 그곳으로 엄마를 모시고 같이 갈 거예요. 한 번도 보지 못한 색을 보았어요. 그 꽃을 향해 나아갔어요. 그 꽃줄기를 잡으니 뿌리가 들리고 땅이 열리기 시작했어요. 이제 가야 했습니다. 그런데 원효가 우리에게 기도하기 시작했어요.

"인생은 나그넷길 어디에서 왔다가 어디로 가는가. 바람아 말해다오. 허무한 인생 왜 사냐고 묻거든…"

그의 노래인지 기도인지가 너무 길었어요.

"그대 노래가 너무 길지 않나?"

난 이 한마디만 남기고 열린 지하의 세계로 들어왔습니다. 거기에는 말할 수 없는 세상이 있었습니다. 원효는 아직 노래를 부르고 있군요. 세상으로 돌아가서 나를 만난 이야기를 하겠군요. SNS에

올리려고 무언가를 찍어대려고 하지만 아무것도 없으니 허무해하는 표정입니다.

복이 엄마

집이 너무 깨끗했어요. 내 집이라면 그렇게 깨끗할 리가 없을 정도로요. 잘 청소되어 있고 잘 정돈되어 있어서 어떤 고급 호텔도 편안한 숙소도 그렇게 단정할 수 없을 정도로 말끔했어요. 집 안으로 햇빛도 잘 들어오고요. 넓지도 좁지도 않은 넉넉한 거실은 아늑한 마루가 깔려 있었어요. 빈집에 들어와서 나는 누군가 집에 있다는 걸 알았어요. 밖을 내다보니 나를 태우고 왔다가 돌아가는 노란 승합차가 막 떠나려고 하고 있었어요. 나는 얼른 집 밖으로 나왔어요. 젊은 여선생이 나와서 "들어가 보세요. 지금 막 들어갔어요."라고 말했어요. 아주 편안하고 고요하고 안정된 오후의 느낌이었어요. 나는 아무것도 걱정할 필요가 없는 엄마였어요. 그리고 돌아서 거실 안을 향해 들어서는데 아이가 걸어 나왔어요. 부엌에 빈 도시락과 물통을 두고 공작 시간에 함께 만든 바구니에 과자를 담아 왔는데 그걸 저에게 내밀었어요. 아이가 건강한 모습인 것은 처음이었어요. 꿈이니까 가능한 거였겠지요. 든든한 청년으로 자라서 앞에 서 있었습니다. 그리고 이렇게 말했어요.

"엄마, 저 기다렸어요?"

이상하게도 저는 아무 말을 못 하고 그저 눈물만 흘렸어요.
"제 걱정은 이제 그만하세요."
그리고 저에게 왔어요. 이제 저를 안아주더군요.
"편안하게 지내시죠? 이제 하고 싶은 거 다 하시고 재밌게 사셨으면 좋겠어요."

잠에서 깨었는데 꿈이었어요. 이제 하고 싶은 거 다 하라는 말을 생각했어요. 하고 싶은 건 하던 거를 계속하는 거예요. 내가 하던 거는 무엇이었냐면요, 춤이었어요. 복이 아빠는 노랫말을 쓰고 곡을 만들고 기타를 연주했어요. 같이 다니면서 나는 그의 연주에 맞춰 춤을 추고 그의 노랫말로 만들어진 멜로디를 따라 노래했어요. 우리는 그렇게 노래하고 춤을 췄지요.

그 사람은 복이가 장애아로 태어나자 아이를 위한 좋은 세상이 되어야 하고 아이도 행복하게 키우고 싶다면서 변호사가 되겠다고 했어요. 그런데 변호사가 된 후에 크게 달라져 있었어요. 사람이 변한 거예요. 앞으로는 그 전과 같이 살지 않겠다고, 자기 생각이 바뀌었다고 말했어요. 그리고 또 한 가지, 자신한테도 좀 더 잘하라고 했어요. 그러다 더 이상 안 되겠다며 더 이상 사랑하지 않는다면서 헤어져달라고 했어요. 그리고 아이는 자신이 키워야 한다고 했어요. 아이는 엄마가 키우는 게 아무래도 낫다고 하니까 그가 대답했어요. 아이에겐 다른 엄마가 생길 거라고요. 그건 안될 소리였어요. 복이한테는 내가 제일 필요한 사람이라고 생각한 것,

그게 착각일까요. 다른 건 몰라도 확실한 게 있었어요. 무엇보다 혼자가 되는 게 무서웠어요.

유서를 쓴 적이 있어요. 혼자가 되었을 때. 1인 연극을 썼어요. 그리고 홀로 방에서 춤추는 배우가 되었고요. 내일 다시 하자고 오늘은 그만하자고 내일 더 잘할 수 있을 거라고 하면서 오늘의 결행을 중단시키는 연출가이기도 했어요. 혼자가 된 나는 유서를 썼어요.

「이곳은 나의 작은 방. 나의 집. 그리고 나의 마음이 사는 곳, 즉 나에게는 우주의 어느 한 곳이다. 사람도 세상도 그 무엇도 알 수 없게 될 무렵, 나는 눈을 뜨면 이곳에 앉아서 시작한다. 유서 집필을. 그리고 쓰다가 망쳐서 내일은 다시 잘 써보자고 눈을 감는다. 유서는 무엇인가 고민을 해보았다. 유서는 내 주검을 발견한 사람에게 동정을 구하거나 나의 섣부르다면 섣부른 이 행동의 변명을 구하는 글일지도 모른다는 생각이 들었다. 그러나 나의 유서를 읽어줄 사람이 있을까…. 내 방에 누가 찾아줄 것인가.」

무엇인가 쓰다 잠들었지요. 책을 보다가 잠든 적도 있어요. 그러면 책의 주인공과 만나서 이야기를 나누기도 하고 책을 쓴 저자와 만나서 독서 토론을 하기도 했어요. 그러나 일어나면 내 삶에 대해서는 너무나 자신감이 없었어요. 나도 내게서 사라지고 없고 내가 살아온 시절은 모두 내 곁을 떠나고 없는 것 같았어요. 그런데 이상하게도 꿈을 꾸면 아이도 등장하고 책의 주인공도 나오고 책의 작가들도 나왔어요. 꿈에서는 나도 배우였고 작가였지요. 그리고 중요한 건 꿈에서 내가 다시 춤을 추고 있었던 거예요.

눈이 오던 날, 나는 유서를 썼고, 창문을 열었고, 내 얼어붙은 가슴에 또 한 번 못을 박은 그날 밤 그 위로 눈이 내려 나는 모든 것을 해제하고 눈이 내리는 길로 나가려 했어요. 그런데 눈이 그치면서 저 멀리 세상이 보였어요. 그래요, 그곳은 내 마음속이고 내 꿈속이었어요. 투명하게 모든 것이 보였어요. 저세상이. 그곳으로 내 유서를 종이비행기로 만들어 날려 보냈어요.

종이비행기가 다시 내게 날아왔어요. 점점 다가오면서 종이비행기는 경비행기만큼 커졌어요.

"타요. 저기 눈이 오는 먼 국경의 어느 시간에서 당신이 보고 싶어 하는 춤꾼이 있어요. 그 사람도 외로워요. 같이 가세요."

종이비행기에서 내린 육각형으로 생긴 눈 요정이 말했어요. "이제 엄마가 하고 싶은 것, 하려던 것을 하세요." 그렇게 말하던 우리 아이가 생각났어요. 아이가 보내온 요정인지도 몰라요. 나는 종이비행기를 타고 눈 내린 밤 국경을 넘고 저세상의 어떤 다른 시간으로 떠났어요. 오랜 시간이었고 나는 잠이 들었어요. 꿈에서 아름다운 춤을 봤어요.

춤 보살

내가 추었던 춤 중에서 가장 사랑하는 건 보살춤이다. 가만히

한 자리에 서서 움직이지 않고 오로지 눈동자와 손가락, 그리고 팔꿈치만 움직인다. 나무처럼 보살처럼. 내가 이 보살춤을 추게 된 것은 복이라는 친구를 알고서부터이다. 엄마를 장사 지내러 온 뱀처럼 기어다니는 아이였다. 단 한 번이지만 놀랍게도 엄마를 기쁘게 해주려고 몸을 일으켜 세웠다. 그 선 자세를 통해 아이는 모든 것을 이야기하고 있었다. 춤은 몸으로 쓴 시이다. 그는 정지된 춤으로 우주로 흘러가는 노래를 하고 있었다.

춤은 몸으로 쓴 시이다. 그걸 알게 해준 건 남편이었다. 그는 시인이었으나 나의 춤을 본 뒤 몸으로 쓴 시를 애독하는 자가 되겠다고 했다. 그리고 몸으로 쓴 시를 널리 알리는 사람이 되겠다고 했다. 춤은, 전쟁을 하는 사람들에 맞서는 반전의 무기라고 했다.

"눈이 오면 모두 멈추지. 그리고 눈을 맞지. 눈물을 흘리지. 총성이 울리는 전쟁터에서 사람을 기계로 부리는 이 시대에서 당신은 사람들의 못 박힌 가슴에 내리는 한 송이 눈이 될 거야." 그렇게 말했다.

그러나 그렇게 시작한 나의 춤은 지금 마지막을 맞이하고 있다. 나의 춤 설명서를 썼다. 춤은 소유될 수 없지만 전해진다. 이제 다 마쳤다. 한 걸음 한 걸음 걸을 때마다 쿨럭거리는 나의 폐에서 피가 솟구친다. 그리고 흰 눈밭에 뿜어진다. 한 송이 꽃처럼 피어난다. 돌아보니 붉은 꽃밭이 흐르고 있다. 내가 남기고 가는 마지막 유서였고 춤이었고 회화였다. 남편의 노래가 들린다. 나보다 먼저 떠난 남편, 그가 부르던 노래였다.

해가 지던 연습실에서 마룻바닥에 흘린 너의 땀방울
내 눈물도 따라 흘러 내 마음에 그건 사랑이었어
연습실 어둠 속에 빛나는 너 달빛 아름답게 피어나지
너만 있으면 어둠은 사라지고 다가가는 널 향한 나
너만 바라보는 나 나만 바라보는 너
이 시간을 기억한다면 기억한다면

노래를 따라 온 복이 엄마는 춤을 보며 황홀해했다.
"춤도 노래도 처음 보는 것 같지 않아요. 당신들은 누구죠?"
"우리는 백 년 전 시인, 백 년 전 춤꾼이죠."
"근데 여긴 어디예요?"
노래하며 다가오던 시인이 말했다.
"나는 먼저 이 길에 와서 아내를 기다렸어요. 아내의 춤을 다시 보고 싶었고요."
춤추던 보살이 말했다.
"우리 때는 모든 사람이 땅을 잃고 흩어졌어요. 아메리카에서 만난 소설가 존도 '분노의 포도'를 썼지요. 남편은 세상 모든 소설가 시인 화가 배우를 동지라고 알려줬어요. 베를린, 파리, 빈, 모스크바, 시카고, 상하이, 세상 모든 곳에서 우리는 희망을 노래하고 분노를 춤추는 사람들을 만났어요. 남편은 세계가 하나가 되기 위해서는 말로 하는 시보다는 내가 하는 몸으로 하는 시가 더 맞는다면서 자신의 시 쓰기는 그만두었어요. 그리고 제게 마음대로 춤을 추라고 했지요. 그리고 지금 흰 눈밭에 붉은 꽃을 피우는 마지막 춤을 출 때까지 나는 내 마음대로 춤을 추었어요. 남편을 잃고 혼자가 되어서 내 모든 것을 기억으로 간직해야 했을 때 가장 우울했어요. 난 당신이, 그리고 내가 만나는 사람들이 꺾이지 않길 원해요. 여기는 우리가 우리 같은 사람들이 춤을 추는 마지막 정거장이에요. 사람들이 기다려요. 우리가 너무 늦게 온 거라고요. 괜찮아요. 춤을 추어요. 죽은 사람들, 팔이 잘리거나 발이 없는 사람들, 본디 태어나서부터 한 번도 일어날 수 없었던 사람들, 모두가 이 정거장에서는 일어날 수 있고 심지어 날아오를 수 있어요."

복이의 생

내 이야기를 할 수 있어서 기뻐. 난 이생에서는 엄마와만 이야기했어. 마음으로. 난 엄마에게서 와서 엄마에게로 갔지. 엄마는 날 가슴에 묻는다고 말했어. 그러면서 말했어. 이제 엄마는 마음을 천국으로 만들 거라고. 네가 와야 하니까. 아이를 보내고 행복해하는 엄마를 사람들은 이해하지 못했어. 엄마는 천국이었어. 나를 잃고서. 나는 엄마 안에서 다시 태어났지. 그리고 엄마의 마음 밖 세상에서 엄마가 잘 살아내도록 가끔은 지켜봐야 했어. 엄마는 노트북 자판 소리를 내고 있었어. 늘 방에서 혼자 그렇게 톡톡 소리를 내며 앉아 있다가 한참 만에 침대에 눕곤 했어. 난 그때 엄마에게서 나와 엄마만 모르던 비밀을 썼어.

  엄마만 모르는 비밀이 있었다. 나는 다 보고 듣고 느끼지만 아무것도 전달할 수 없었다. 아빠는 엄마 몰래 다른 가족이 있었다. 장애가 있는 나와 그런 아들에게 정신이 나간 아내, 그런 집구석이 싫었던 아빠는 월화수목은 그 집에서 금토일은 이 집에서 살면서 고민했다. 가끔 아빠는 엄마더러 애한테만 빠져서 반 미친 사람 같다며 혼자만의 시간을 가질 것을 권하면서 나를 데리고 나왔다. 그러면 나는 아빠의 다른 가정에 가서 사랑받는 아들의 역할을 하고 매우 다정한 새엄마를 만나야 했다. 여동생들은 걷지 못하고 누워만 있는 아기 같은 오빠를 귀여워하며 같이 살자고 졸랐다. 내가 여기 있어야 아빠가 생기는 동생들, 내가 여기로 와야 남편을 독차지할 수 있는 새엄마도 가여웠다. 하지만 너무 다정하고 너무 졸라대는 것이 싫었다. 피하고 싶었다. 엄마에게 미안했다.
  아빠는 엄마에게 이혼하자고 했다. 엄마는 아무것도 모르고 울기만 했다. 나는 말을 할 수가 없었다. 말을 하지 못했기 때문이다. 엄마를 배신할 생각은 없었다. 나는 그렇게 아빠에게 가야 했다. 하지만 엄마는 그렇게 하면 자신은 죽을 거라면서 그렇게는 못 하겠다고 했다. 실제로 나를 데려간 날, 엄마는 빨래걸이를 부러뜨려서 그것으로 자기의 팔과 다리를 때리다가 손가락이 부러지고 팔과 다리가 멍든 채 쓰러져 밥도 안 먹고 일주일을 지내다가 발견되기도 했다. 나는 엄마에게 갔다. 몇 년이라도 엄마와 더 살아야 할 것 같았다.

그런데 엄마에게도 사랑이 찾아왔다. 엄마가 소설 안에서만 사랑하는 줄 알았는데, 그게 아니었다. 나로서는 참으로 묘한 감정이었다. 내가 움직일 수 없었기 때문에 중학교에 진학해서도 선생님이 집으로 왔다. 초등학교 때는 여자 선생님이었지만 중학교로 진학하니 남자 선생님으로 바뀌었다. 선생님은 엄마와 나에게 좀 냉정한 편이었다. 하지만 그건 감정을 반대로 표현한 것으로 보였다. 어느 날 선생님이 엄마에게 화를 내는 것을 보았다. 왜 이렇게 제 마음을 몰라주는 겁니까, 라며 문을 닫고 가버렸다. 엄마는 조금 어이없는 표정을 지었다. 선생님이 그다음 날 와서 내 손을 잡고 눈물을 흘리며 말했다. 엄마가 내 사랑을 믿을 수 없대. 나도 너처럼 말할 수 없는 바보가 된 기분이야. 우리는 같아. 엄마한테 하고 싶은 말을 못 하잖아. 그리고 우리를 엄마는 모르잖아.

엄마는 아는 사람들이 없는 곳에서 살고 싶다며 강원도로 이사했다. 엄마는 오일장이 서는 날이면 장칼국수 집이 붐비기 때문에 그날은 장칼국수 집에서 아르바이트하고 돈도 벌고 사람들과도 알고 지냈다. 거기서 어떤 할머니가 엄마에게 이야기를 들려줬다. 내가 이렇게 보통 아이들보다 좀 모자라게 태어난 이유는 다른 세상에서 엄마의 흥허물을 눈감아주지 않았기 때문이라고. 그러니 지금은 대신 고생을 하는 거라고.

"한 과부가 있었는데 그녀에게는 아들이 많았대. 혼자 키우기 얼마나 힘들었겠어. 외로운 건 또 어떻구. 그러다 물 건너 사는 영감을 몰래 만나러 다녔대지. 밤엔 다 자는 줄 알았는데 말이야 애들이 그걸 다 알아버린 거야. 근데 애들이 눈치가 빤해서 모른 척한 거야. 근데 그게 문제가 아니고. 이 아들들이 얼마나 효자냐 하믄. 얘기 좀 들어봐라. 글쎄 밤마다 어머니가 물을 건널 것 아니니? 근데 그때 좀 편하게 건너시라고 밤마다 그래 나가서 줄을 서서 물속에 엎드려 있었다는 거야. 징검다리가 된 거지. 근데 그중 한 녀석이 그래 문제를 만든 거래지 않니? 날도 추운데 난 그만두겠어. 어머니가 뭐 좋은 데 가는 것도 아닌데. 왜 이 고생이야. 형들이나 해."

"그래서 어떻게 되었어요? 그 막내는?"

엄마가 물어봤지만 나도 궁금했다.

"형들이 말했지. 뭐 좋고 나쁜 게 어딨냐. 하고 싶은 거 하고 싶을 때 하시게 두자. 그래도 이놈아는 말을 안 듣고 안 나갔어. 징검다리가 하나 빠지니까 어떻게 되었겠어? 엄마가 물에 빠져서 동네 사람들이 다 알게 되고. 엄마도 좋은 시절은 잠깐이고 시름시름 앓다 저세상으로 갔다 그러지 아마."

"그래서 막내는요? 형들이랑 잘 지내겠지요?"

엄마가 물었고 나도 궁금했다.

"나중에 어떻게 되었냐면 칠 형제가 별이 되었는데 막내 아이 그 아들만은 그때 그런 소리를 한 벌을 받아서 다른 별보다 크기가 작았다 그래."

내가 아마 엄마의 사랑을 못내 돕고 싶지 않았던 그 아들이었나 봐. 그래서 이렇게 이생이 힘든가 봐. 그렇게 생각하니 얼른 내가 죽어서 엄마를 도와줘야겠다고 생각했다. 그런데 그게 엄마에게 어떻게 받아들여질까, 내가 어디로 간다고 해야 엄마가 편할까, 다시 복잡해졌다. 죽는다는 게 그렇게 간단한가. 죽는다고 정말 사라지는 건가. 잊히는 건가. 다음 생은 없을까? 있다면 어떠할까?

어느 숲속이었다. 숲엔 구름이 내려앉아서 이곳이 어디인지 알 수 없었다. 공중일까, 그렇담 나는 어떤 모습일까 궁금하였다. 호수가 있었다. 호수가 좀 더 가깝다면 내 얼굴이 비칠 텐데, 하고 생각하는 사이 나는 이미 호수로 걸어가고 있는 나의 발걸음을 깨달았다. 나의 발, 나의 두 다리, 흰 가랑이, 그리고 나의 궁둥이가 느껴졌다.

나는 직립하고 있다

호수에 내가 비쳤다. 누군가 내게 말을 걸어줄 수 있다면 하고 생각하면서 나는 입을 열어 말을 하고 있었다.

"넌 누구니?"

그것은 마치 대본을 읽는 것처럼 어색하게 들렸다.

"너는 원래 북두칠성 중의 하나였어. 그런데 네가 우리말을 안 듣고 혼자서 딴짓해서 세상에 다시 태어날 때 작고 말할 수 없는 존재가 된 거야. 물론 움직일 수도 없고 말이야." 말을 마치자 다른 별이 답답해하였다.

"엄마는 즐겁지 않았어. 누구도 사랑하지 않았어. 행복은 자기도 몰래 다가오는 법이지, 엄마는 그렇게 어느 여름밤 먼 길을 다녀왔어. 그날 밤비가 왔지. 엄마는 자정이면 돌아오는데 그 시간 엄마가 오지 않자 우리는 모두 일어났어. 우리는 개구리가 되어야 하나, 무엇이 되어야 하나, 회의를 했지. 그리고 가장 머리가 좋은 내가 아이디어를 냈어. 우리는 돌멩이가 되자. 돌멩이가 되어 엄마의 징검다리가 되어드리자."

셋째 형이 말하자 조무래기 동생들 세 명이 맞는다고 고개를 끄덕였다.

"왜 나는 동참하지 않았지?" 내가 중얼거렸다.

그때 어디선가 아름다운 노랫소리가 들렸다. 그것은 슬픈 것 같지만 밝고 밝으면서도 슬픈 노래였다.

돌돌돌 돌멩이가 우네

가운데 징검다리 첨벙
엄마를 빠뜨리는 슬픈
돌돌돌 돌멩이가 우네

물소리 같기도 하고, 바람 소리 같기도 한데 그 순간 나는 내게만 그 소리가 들린다는 것을 느꼈다.

"난 물의 요정이야. 넌 이제 나와 같이 갈 거야. 나와 사랑하고 행복하다 보면 너의 운명은 망각될 거야. 넌 오래도록 작고 마르고 움직이지 못하며 말 못 하는 아이로 태어날 거야. 그러니 네가 너의 엄마의 아들로 다시 돌아가서 답답한 삶을 살기보다는 지금 나랑 같이 가자."

난 엄마의 아들로 사는 삶으로 가지 않기로 했다. 엄마에게 필요한 것은 자유라고 생각되었다. 나를 사랑하지만 내가 없는 곳에서 나를 만나지 않은 곳에서 원래 엄마의 모습으로 살았으면 하고 바랐다. 그리고 마음이 놓이지 않았다. 엄마와 함께 가야겠다고. 내가 엄마에게 들어가 무사히 그곳으로 같이 가겠다고.

극장 봄날

할아버지는 축지법을 썼는지 가장 먼저 도착하여 극장 봄날의 관객석에 앉아서 딸을 기다린다. 할아버지는 딸이 이 무대를 아름답게 만들어줄 것을 희망한다. 딸이 연극을 하고 노래를 하겠다는 걸 말렸던 걸 후회하며 기다리고 있다. 여기서라도 볼 수 있겠다고.

 춤꾼은 걸을수록 즉 극장 봄날로 가까이 가면 갈수록 아름답고 젊어진다. 춤꾼이 원한 것이었다. 그는 춤을 추고 싶었다. 무엇이 되고 싶은 게 아니었다. 그리고 한 가지 바라는 게 있다면 아름다운 사람을 만나고 싶었다. 춤은 사랑이었다. 그래서 서둘러 봄날을 향해 온 것이었다. 더 늦어질 수 없었다. 서둘러 몸을 피하는 것 그것이 죽음이라면 죽음이었다.

 복이는 엄마가 하고 싶은 사랑을 질투했었다. 엄마가 하고 싶다면 하게 해드릴 것을 후회해서 지금은 엄마가 하고 싶은 걸 하는 걸 보려고 가고 있었다. 그 마음을 먹자 똑바로 일어나 걸을 수 있게 되었다.

 떠도는 시인은 후회하고 있었다. 한 번의 생 안에서 헤어졌던 그 기억이 너무 아파서 다시 보기 미안한 마음으로 자꾸만 겉돌았다. 노래는 멀어지기도 하고 다가오기도 했다. 사람들은 노래가 오기를 기다렸다. 왜냐하면, 노래는 후회이자 기억이기도 했기 때문이다.

 춤꾼이 말했다.

 "어릴 적 아버지가 기억나네요. 기분 좋으면 덩실덩실 춤을 추셨는데 그걸 보면서 나도 자연스럽게 춤을 알았던 것 같아요. 그러나 춤을 추면서 힘들지 않은 땐 없었어요. 춤은 말과 달라요. 모든 것을 품어요. 보는 사람의 마음이 담겨 있는 거예요. 화장도 지우지 못하고 옷도 갈아입지 못한 채 그들 앞에 나가서 그들의 분노를 들어야 하고 비난을 받을 때, 그래요. 아버지를 생각했어요."

이제 길은 다 와 가서 저기 할아버지가 보였다. 춤꾼은 계속 이야기했다.

"사람들은 제가 춤밖에 모른다고 그랬지요. 하루는 아버지의 안경다리가 부러졌는데 아버지가 그걸 쓰고 계신 거예요. 하나 해드린다고 돈을 드렸는데 그걸 안 하시는 거예요. 집 근처에 연구실을 짓고 있었는데 사람들은 제가 거기에 정신이 팔려서 아버지 안경도 안 해준다고 그러는 거예요. 누군가의 사랑을 받아도 욕을 먹고 누군가에게 제대로 충성하지 않아도 욕을 먹었어요. 나는 그저 춤을 추는 것뿐인데 그보다 사람들은 내가 무엇을 소홀히 하는지 그것을 제대로 하면서 춤도 잘하는지 그걸 물었어요. 날아올라 보고 싶었어요. 그때 시 쓰는 남자를 알게 되었어요. 그 사람은 내가 모르는 언어를 할 줄 알았어요. 세르게이 예세닌과 이사도라 덩컨처럼 우리도 시인과 무용가의 결합을 이루자고 그가 말했어요. 혼자서 사막을 갈 수는 없었어요. 그러나 우리는 그때부터 세상 밖으로 나가야 했지요."

둘은 세상을 돌았다. 뉴욕에서 구라파로. 한 사람은 춤을 추었고 한 사람은 춤을 읽었다. 사람들은 그들에 이끌려 하나가 되었다. 피카소의 무희는 마티스의 춤으로 이어졌다.

타이중의 중앙서국(中央書局)

꿈에 아이가 서서 나를 바라보고 있었다.

"엄마, 이제 집에는 제가 있어요. 무사히 돌아와 잘 지내고 있으니까 나갔다 오세요."

깨어나서 가방을 꺼냈다. 빈집이 아니었다. 집에는 이젠 아프지 않은 아이가 외출하고 돌아와 쉬고 있었다. 친구와 나눠 먹던 빵도 넣어두었다가 꺼내서 데워먹고 물도 한 모금 먹으면서 잘 지내고 있을 거다.

난 서울에서 출발하는 비행기를 탔다. 옆 나라보다 조금 더 먼 어느 도시에 도착했는데, 그 도시에는 책방이 참 많았다. 버스는 조금 적은 것 같았다. 버스를 타려면 오래 기다려야 했으니까. 버스를 기다리는데 맞은편 책방이 막 문을 열고 있었다. 책방에 들어가서 책을 보려는데 말이 다르니 무슨 책을 봐야 할지 막막했다. 아침이라 분주한 직원에게 물어봤다. "이 책방에서 추천해주고 싶은 책이 있나요?" 직원은 2층으로 올라가서 물어보라고 했다. 2층으로 올라가니 그곳엔 소설책도 많았지만 영화 관련 책이 눈에 띄었다. 나는 이 나라 영화를 좋아했기 때문에 눈에 익어서 거기서 서성이고 있었다. 직원이 다가왔다. "무엇을 찾고 있나요?" 난 그곳이 예술 코너라서 이렇게 물어보았다.

"이 나라에서 가장 훌륭한 예술가에 관한 책이 있나요?"

"어떤 분야의 예술가요?"

"영화감독, 영화배우, 소설가, 시인, 화가, 무용가. 아무튼, 당신이 좋아하는 예술가를 알고 싶네요."

그녀는 핸드폰을 꺼내서 누군가를 보여줬다. 한국의 무용수라고 하면서. 보살춤을 추는 모습이 신비해 보였다.

"바로 이분이 아주 오래전에 이 서점 2층에서 공연을 했어요. 그를 보러 이 지역 사람들이 많이 몰려왔다고 해요. 인기가 대단했다고 하지요."

내가 한국 사람이란 걸 알고 이야기해주었지만 나는 아는 바가 없었다. 어떻게 하면 그 사람의 춤을 볼 수 있을까 생각하고 있는데, 직원이 물었다.

"당신은 혹시 춤이나 연극을 하는 분이신가요?"

그냥 웃어 보였다. 십 년도 훌쩍 넘은 기억이 떠올랐다. 거리에서 공연하고 카페에서 리딩을 하고 집에서 연습하고 프린지페스티벌에 나가서 상금을 받고 그 힘으로 무대에 올렸지만 망해서 의상이랑 도구랑 다 쓰레기통에 쑤셔 박았던 기억. 그보다 처음 고생한 친구들을 버리고 조금 잘한다는 놈들이랑 하다가 그놈들에게 뒤통수 얻어맞고 한바탕 싸움질하던 기억. 그 싸움에서 이기지 못하고 그만둔 것 같아 분한 기억만이 어렴풋하게 남기고 다 잊은 일이었다.

그때 누군가가 나를 지켜보고 있었다. 중국어는커녕 영어도 서튼 나에게 다가와 많은 도움을 주었다. 낯선 여행지에서 만난 우리는 어느새 친구가 되었다. 그는 내 기억 속의 공연 이야기를 듣고 싶어 했다. 뭐 할 이야기도 없는데, 그저 이 녀석 저 녀석 싸운 이야기, 같이 고생한 이야기, 가족 간에 있었던 일…. 그런데 왜 시시콜콜한 이야기까지 다 들려줬을까? 그런데 그는 그것을 재미있어했다.

"전 그 이야기가 재밌네요. 공연했던 이야기요."

"공연했던 이야기가 뭐가 재밌어요. 공연을 해야지."

"그런 걸 왜 해요. 해봤으면 됐지."

"그래서 여행이나 다니며 놀려구요. 심심하면 저랑 같이 다니실래요?"

그렇게 우리는 같이 다니는 사람이 되었다. 그리고 가끔 그가 묻는다. 지치지 않고 묻는다.

"공연했던 이야기, 또 해보세요."

그러거나 말거나 다 잊고 산다. 그러다 꿈을 꾸면 아버지가 나타나신다. 아버지는 극장 봄날의 무대에서 기다리신다. 객석이 오픈되면 제일 먼저 와서 기다리신다. 나는 아직 공연 준비가 안 되어서 당황한 채 극장으로 서둘러 가다가 깬다.

그러거나 말거나 다 잊고 산다. 그러다 꿈을 꾸면 이제 아들이 살아서 나타난다. 아들은 봄날의 공연을 보고 집으로 돌아와 있다. 그리고 걱정하지 말고 이제 엄마가 다녀오라며 웃어준다.

*

온몸으로 쓰는 일이 꼭 행복하지 않다는 것은 어쩌면 당연한 일인지 모르겠어요. 모두가 돈키호테가 된다는 게 쉬운 일은 아니니까요. 이제 극장 봄날에 가서 돈키호테가 되겠다고 하는 꾼들을 만나러 갑니다. 나의 딸들 제자들 친구들 이생에서 자기 몸을 자기 뜻대로 살게 두지 못하고 피 흘리고 상처 입어 굽히고 꺾이고 잘려 나가야 했던 그들은 저생에서는 온전히 춤추고 노래할 수 있다고 합니다. 저는 그곳으로 갈래요. 그들의 춤과 노래를 보고 읽고 싶어요. 뉴욕에 갔을 때 만난 채플린도 오고 있네요. 그래서 계속 웃으면서 떠날 수 있어요. 삶은 가까이서 보면 비극이지만 멀리서 보면 희극입니다. 이제 공연이 시작합니다. 봄날. 남편의 노래로 시작하는군요.

시간은 멈추지 않아 당신 향기 간직한 시간
이 하루 영원하기를 약속해주세요.
이 시간 지킬래요 이 시간 가슴에 넣고 이 시간 잠가두고
이 시간 노래할래요 이 시간 잠가줘요 영원히 노래할래요.

해설

욕망과 죽음,
그리고 탈경계적 상상력

오민석

(문학평론가·단국대 명예교수)

1

  이경아의 소설들은 무엇 하나 섞이지 않는 것이 없이 흐르는 물 같다. 그의 소설에선 서로 다른 서술자들이 섞이고, 현실과 허구가 섞이며, 과거와 현재, 그리고 삶과 죽음이 섞인다. 앞서간 물이 뒤따라온 물에 섞이고 서로 다른 지류들이 합쳐진 거대한 물결처럼, 그의 소설에선 시간의 경계도, 의식과 무의식, 주체들의 경계도 무너지고, 상징과 실물, 그리고 욕구와 욕망도 서로 스미고 섞인다. 경계와 범주의 명확한 구분을 상식이나 교양이라고 믿어온 독자들은 그의 소설을 읽으면서 혼란에 휩싸일 수도 있다. 명백한 규정성을 근대적 지성이라 간주한다면, 그의 소설들은 멀리 탈근대의 감성으로 이미 넘어가 있다. 경계를 뭉개고 지운다는 점에서 그의 소설은 산문의 산문성에 저항하고 있고 그런 점에서 시적이다. 그는 상징들을 내세워 날것의 목소리를 제어하고, 심도深度가 없어 보이는 세계에 암중모색의 깊이를 만들며, 단층의 서사들을 중층화한다.

가령 「늑대가 왔다」에서 늑대는 주인공 아람이 몽골 여행에서 만나기를 고대했으나 끝내 만나지 못했던 현실의 동물이자 동시에 상징이다. 아람이 꿈속에서 들었던 늑대의 속삭임은 늑대가 약하고 힘없는 사람들을 괴롭히는 존재들을 무자비하게 찢어 죽이는 어떤 강력한 힘의 상징임을 알려준다. 그것은 현실에선 존재하지 않는, 문제의 '상상적 해결'의 힘이란 점에서 문학적 상징이다. 주인공 아람이 그런 원시적 힘의 상징을 추구한다는 것은 이 소설이 어떤 탐욕스러운 악에 대한 기억이나 트라우마에서 동기화되었음을 알려준다. 아람은 그런 악에 대한 강력한 증오와 징벌의 욕망을 가지고 있다. 앞의 꿈 이야기에서 아람이 늑대의 목소리를 들었다면, 이어지는 다른 꿈에서 아람은 아예 늑대가 되어서 이렇게 울부짖는다. "그래, 찢어발겨 죽여주겠다! 빠르게 배를 채우고 싶고 더 많이 가지려 하고 한참 약하디약한 상대를 한꺼번에 죽이는 데 능통한 너희들에게 말해주겠다. 원하는 만큼 가져가거라. 하지만 나는 너희들을 욕망의 무게만큼 짓밟고 욕망의 속도만큼 재빠르게 찢어발겨주겠다!" 아람에게 있어서 최초의 트라우마는 어려서 강아지를 서로 소유하려고 다투다가 언니에게서 받은 폭력이었다. 게다가 집안에 흔들의자가 들어오고 그로 인한 다툼 가운데 문제의 강아지가 큰 상처를 입은 기억은 아람에게 그 강아지의 입장에서 이야기를 상상하게 한다(소녀이던 이경아가 이렇게 문학으로 넘어간다!). 아람은 집을 나가 차도로 달려가다 주인의 차에 치여 붉은 피를 뿌리는 스토리를 구상함으로써 강아지의 입장에서 '상상적 복수'를 하게 한다. 아람의 상상력은 마침내 일종의 "신파 무협 동화"를 쓰기에 이르는데, 이 동화의 서술자인 "나"는 산골에 혼자 사는 늑대이다. 그가 사는 집은 그의 "죽은 할머니가 남긴 집"이고, 늑대는 나름 억울하고 외롭게 죽은 할머니를 "그저 배가 고파" 잡아먹고, 멀리서 "자신을 기다리는 사람"의 소리를 듣는다. 그 사람은 "수많은 지배자에 의해 많은 것을 희생하도록 요구받아 온 사람"이었다. 아람은 계속해서 거의 강박적으로 늑대 꿈을 반복해 꾸고 늑대에 관한 동화를 쓰고자 하다가 "자신이 왜 늑대에게 이렇게 집착하는가 생각"하게 되는데, 이를 통해 그것이 억울하게 죽은 아버지에 대한 기억 때문임을 알게 된다. 그의 기억은 다음과 같다. "돌아가신 아버지는 사람 사는 세상을 떠나 야생으로 가야 할 늑대가 되어야 했다. 그러나 아버지는 사람 사는 동네에서 쥐새끼보다 못한 인간들과 살아가느라 여위어 죽었다. 먹지 못했고 뜯지도 못했다. 그저 늑대의 울음소리를 가끔 산에 올라가서 뱉고 왔다. 돌아가실 즈음은 골목길 예배당에 가서 방언을 터뜨렸을 뿐.

요양병원에서 수갑 장갑을 풀어달라고 소리 지르며 탈출을 시도하다 엉덩뼈가 부러졌을 뿐. 젊은 시절 애인을 닮은 물리치료사와 다정하게 잘 지냈는데 힘센 언어치료사에게 물을 달랬다가 거부당하자 팔을 휘둘러 폭력 성향으로 진단받고 정신병동으로 보내져 침대에 묶이셨을 뿐." 결국 이 소설은 폭력에 억울하게 희생당한 자들에 대한 복수와 응징의 이야기이고 그 모든 징벌은 현실이 아니라 상상적 글쓰기의 공간에서만 일어난다. 늑대 만나기를 간절히 고대했던 몽골에서 그는 늑대는커녕 "별도 못 보고 비와 구름과 똥이 질펀한 흙길만 다니다 왔다." 그곳은 "초원이라 하기엔 인공 게르가 너무 많았고 심지어 도시로 나가는 길거리에는 초원을 향해 광고판이 세워져 있었던 것"(이것이 현실이다!)이다. 문학이 '현실적 문제의 상상적 해결'이라는 프로이트의 오래된 명제는 이 소설에도 그대로 적용된다. 이 소설은 현실의 거대 폭력 앞에서 무력한 문학이 그것에 어떻게 저항하는지, 그 예술적 방식을 궁구하는 기록이라고 보아도 좋다. 주목할 것은 이 과정에서 작가가 의식과 무의식, 꿈과 현실, 실제와 허구를 계속 뒤섞고 있다는 것이다. 독자들은 이렇게 무너진 경계들을 수시로 오가며 존재가 의식과 실제와 이성만이 아니라 무의식과 허구와 꿈의 세계에 동시에 걸쳐 있음을 알게 된다.

2

 일곱 편의 단편으로 이루어져 있는 이 소설집은 각기 다른 이야기를 품고 있는 공통의 프레임을 가지고 있다. 이 소설 속 주인공들은 대부분 이혼한 후에 사고나 질병으로 아이마저 잃은 여자, 그리고 전처와 사별하고 이 여자와 재혼한 남자를 주요 인물로 설정하고 있다. 앞에서 살펴본 「늑대가 왔다」의 주인공 아람과 그의 남편이 이런 관계이며, 「먼 훗날」, 「정령들의 춤」의 주인공들 역시 이런 이력의 소유자들이다. 「붉은 달이 매달린」의 주인공은 집안에서 제일 잘나가며 늘 질투의 대상이던 동생이 죽자 그의 애인과 결혼한 남자인데, 어느 날 떠돌이 "나그네"가 이 부부를 찾아오고 이들 사이에 복잡한 욕망의 지도가 새로 펼쳐지는 이야기를 담고 있다. 「눈이 온다」는 일종의 액자 소설로 이혼한 아버지와 계모, 그리고 아들 사이의 아슬아슬한 욕망의 삼각형을 잘 보여준다. 앞의 단편들 속에 거의 항상 죽음이 등장하듯 이 단편에도 욕망의 프레임 안에 아들의 친아버지의 자살이라는 죽음의 서사가 끼어들어 있다. 「바닷가에서 천천히」에서도 여자 주인공은 대학 시절 어긋난 첫사랑의 경험 위에 이혼을 당하며 전 남편에게 아이마저 빼앗기고 결국 그 아이마저 죽게 된 경험을 반추한다. 「봄날」에서도 선천성 장애아인 아이를 빼앗기고 이혼을 당한 여자 주인공과 그 아이의 이야기가 플롯의 뼈대를 이루고 있다. 이 소설엔 백 년 전의 "춤보살"이 등장해 이 여자의 삶과 장애인 아이의 죽음을 제의적으로 위로한다.

  이렇게 줄거리만 정리해보아도 이 소설집은 전편에 걸쳐 욕망의 다양한 흐름을 매트릭스처럼 깔고 그 위에 죽음의 운명을 심지처럼 박아놓은 상태에서 서사의 실들을 풀어나가고 있음을 알 수 있다. 거의 모든 작품에 욕망의 실패와 생성, 충돌이 발생하고 죽음의 아픈 기억이 개입한다. 이런 과정에서 작가가 보여주는 것은 경계가 분명치 않은 욕망의 미로들, 앞뒤 없이 섞여 있는 시간, 현실로 치고 들어오는 허구와 허구로 빠져나가는 현실, 실제가 된 상징과 상징이 된 실제 사이의 복잡한 방정식이다.

  이 중에서도 주목을 요하는 작품이 바로 「정령들의 춤」이다. 이 소설의 주인공 여성은 교통사고와 백혈병으로 아들 환이를 잃은 후에 이혼한 상태에서 나무 조각을 하는 현재의 주인공 남자와 우연히 만나 재혼을 하게 된다. 이들은 '시간'이라는 이름의 남자의 "작업실이자 공방이자 카페"에서 인근의 외국인 청년들과 자연스레 어울리게 되고 '요정'이라 불리는 소녀도 이들 커뮤니티에 우연히 끼어들게 되는데, 이 작품 속에서 한 외국인 청년은 여러 우연이 겹치면서 주인공 여성과 가까워지고, 소녀는 주인공의 남편에게 점점 더 가까이 다가간다. 여성에게 청년은 죽은 아들의 대리물로 여겨지는데, 소녀 역시 죽은 아들의 친구로 받아들여지니 결국 그녀도 아들의 대리물이긴 마찬가지이다. 여성은 소녀가 자신의 남편을 욕망한다는 사실을 전혀 문제 삼지 않으며 소녀에게 오히려 깊은 애착을 느끼는데 그것은 바로 이런 이유에서이다. 청년이 발로 찬 축구공이 그녀의 복부를 강타해 청년과 처음 대면했을 때도 그녀는 아들을 떠올리며(환유적 상상력!) 다음과 같이 혼자 중얼거린다. "넌 이제 어디로 떠나는 게 아니야. 하늘나라에 갈 건데, 하늘나라가 저 멀리 있지 않으니까 걱정하지 마. 넌 이제 내게로 오는 거란다. 내 안으로, 이 마음속으로. 내 가슴에 오는 거란다." 그녀는 청년이 자신에게 다가오는 것을 죽은 아들이 자신에게 다가오는 것으로 전치轉置하며, 그런 욕망에 대해 아무런 윤리적 갈등을 느끼지 않는다. 소녀에 대한 각별한 애정 역시 죽은 아들을 향한 욕망의 치환이므로 소녀가 남편에게 욕망을 느끼는 것도 그녀에겐 별다른 문제가 되지 않는다. 여성은 이렇게 죽은 아들과 청년과 소녀 사이의 경계를 허물고 뒤섞는데, 이 여성에게 탈영토화되는 것은 주체들 사이의 경계만이 아니다. 그녀는 과거와 현재의 경계조차도 허묾으로서 욕망을 아무런 장애 없이 흐르게 한다. 여성은 또한 현실 속의 요정을 자신이 쓰려고 하는 동화 속의 주인공으로 구상함으로써 현실과 허구의 경계조차도 무너뜨린다. 이 소설은 이렇게 주체와 시간, 현실과 허구의 경계를 마구 무너뜨림으로써 비로소 상실과 죽음의 고통에서 겨우 벗어나는 한 여성의 스토리이기도 한다. 작가는 이런 에피소드들을 세 명의 서술자를 뒤섞으며 끌고 나가는데, 그들은 바로 3인칭 화자, 여성, 그리고 그녀의 남편이다. 후반부에 가면 남편 화자는 이 모든 이야기가 사실은 자신이 꾸며낸 허구임을 다음과 같이 밝힌다. "아내의 죽은 아이, 아내의 죽은 아이를 그리워하던 여자 친구 요정, 그리고 아내의 죽은 아이를 떠올리게 하는 외국인 청년들, 그들의 이야기는 어디까지나 상상이다. 조금이라도 행복한 세상이었으면 하는 바람, 이제 이곳을 떠나 다른 곳으로 가고 싶지 않아 만든 이야기이다. 내가 아니고 아내가. 아내의 이야기를 훔쳐보며 그 세상에서 아내를 데려오기 위해 만든 이야기. 나는 아내의 상상을 바라보며 아내가 그려낸 모든 사람이 내게도 있음을 아니, 내게서 비롯되었음을 보았다. 그리고 즐거웠다." 이 소설은 아내의 환상을 현실처럼 그리다가 그것을 일종의 막판 뒤집기처럼 다시 허구로 환원함으로써 현실과 허구의 경계를 자꾸 허문다. 또한 이를 통하여 가능한 모든 행위가 결국은 '문제의 상상적 해결'이며 동시에 이 상상적 해결 역시 현실적 해결 방식의 일종임을 보여준다. 이런 점에서 작가 이경아의 세계관은 근본적으로 탈경계적이고 탈범주적이다.

경계를 허물고 간극을 지우며 서로 다른 세계를 섞는 작가의 태도는 이 소설집에 나오는 대부분의 작품에서 발견할 수 있다. 표제작이기도 한 「붉은 달이 매달린」 역시 앞에서 이야기한 작품들과 유사한 서술 구조를 가지고 있다. 이 소설의 서술자 역시 앞에서 논의한 「정령들의 춤」처럼 3인칭 서술자, 죽은 동생의 애인과 결혼한 남자, 남편을 잃고 그 남자의 형과 결혼한 여자, "방문객"의 이름으로 이들 곁을 떠도는 나그네 등, 소설 속의 모든 인물이 서술자로 등장한다. 다른 작품들에서도 마찬가지이지만, 작가는 서술자의 관점이라는 특정한 시선에 얽매이지 않고 하나의 텍스트 안에서 등장하는 모든 인물의 시선을 끌어들여 뒤섞는다. 이렇게 주체들 사이의 경계가 해체될 때 이들은 서로 닮아가며 동일한 사건에 연루된 한 인물의 다양한 내면처럼 읽힌다. 이 소설에서는 또한 현실과 꿈의 경계 역시 해체되는데, 현실에서 시작한 이야기가 꿈의 이야기로 넘어가 진행될 때 그 꿈의 세계는 다시 현실 세계와의 구분이 점점 더 어려워질 정도로 현실화된다. 현실이 꿈으로 대체되고 꿈이 다시 현실이 되는, 꿈-현실의 복합 공간에 작가는 인물들이 각기 가지고 있는 욕망의 실타래를 능청스레 풀어낸다. "꿈에서 아내는 달빛처럼 아름다웠다"로 시작되는 남자 주인공의 이야기는 실제로 그들 부부가 운영하는 카페 공간을 중심으로 이루어짐으로써 꿈이라기보다는 훨씬 현실적인 이야기로 다가온다. 작가는 단지 그 이야기가 '꿈'이라고 전제한 후에, 인물들의 무의식적 욕망을 가감 없이 그려낼 뿐이다. 이 작품에서 방문객은 "세상에서 가장 아름다운 여자를 아내로" 맞이하기 위해 그런 여자를 찾기 위해 돌아다니는 존재로 묘사되고, 주인공 남자는 그가 찾는 여성이 바로 자기 아내일 수도 있다는 두려움과 공포에 사로잡힌다. 그에게 방문객은 그녀를 사이에 두고 현실에선 이미 죽어버린 경쟁자(자신의 동생)의 대체물이며, 아름다움에 이끌려 동생의 애인을 아내로 취했다는 죄책감과 공포에 시달리게 만드는 존재이다. 그가 방문객에게 강력한 "살해 욕망"을 느끼는 것은 한편으로는 다시 살아온 동생(방문객)에게 아내를 빼앗길 수도 있다는 두려움 때문이고, 다른 한편으론 그를 통해 동생의 아내를 차지했다는 자신의 부끄러운 비밀이 노출되는 것에 대한 공포 때문이다. 이런 그의 내면에 화답이라도 하듯 여성 화자는, 방문객이 바로 죽은 그가 부활해 돌아온 것이라고 굳게 믿는다. 다음과 같은 대목을 보라. "그런데 요즘 문득 오랜 잠 속에서 깨어난 것 같았다. 그가 노래할 때 나는 알았다. 그가 살아 돌아왔다는 것을. 그는 부활한 것이다. 그는 죽지 않았다. 아니 죽음에서 깨어난 것이다. 어두운 터널 앞에서 돌아온 것이다. 그가 돌아와서 나를 만난 것이다. 그러나 나는 그를 알아보지 못했다. 나 역시 그를 찾아 어둠으로 가려고 했다. 하지만 그는 어둠을 천성적으로 싫어한 사람이다. 그는 빛으로 돌아 나왔다. 그리고 찾아온 것이다." 남자가 꿈의 세계로 들어가 자신의 살해 욕망을 읽는다면, 여자는 오히려 반대 방향에서 ("잠 속에서 깨어난 것 같았다") 남자의 살해 욕망이 현실적 근거가 있는 것임을 확인시켜준다. 이렇게 현실과 꿈의 경계를 해체하고 이들을 마구 뒤섞는 기법은 현실이야말로 꿈의 중요한 일부이며, 꿈 역시 현실의 중요한 부분이므로 이들 사이의 이분법적 구분이 아무 의미가 없다는 작가의 세계관을 잘 보여준다. 「눈이 온다」에서도 소설 속의 등장인물이 현실 속으로 들어와 주인공과 대화를 나누기도 하고, 주요 플롯으로 이 소설 서사의 대부분을 이루는 이야기, 즉 아버지와 계모 그리고 아들 사이 일어나는 욕망의 서사 역시 "다정한 관계"라는 허구("노트")의 일부라는 사실이 드러난다. 작가는 이렇게 거의 모든 작품에서 허구와 현실, 주체와 타자, 꿈과 실제, 과거와 현재 등, 그 모든 이항 대립의 벽들에 구멍을 내고 경계를 허문다.

3

'범주의 오류category mistake'라는 말이 있다. 이는 "논리적으로 다른 범주에 속하는 사물을 같은 범주로 잘못 분류하거나, 특정 사례의 특성을 전체 집단에 일반화하는 오류"를 의미한다. 이런 의미가 가능해지려면 논리적으로 서로 다른 범주의 존재가 선행되어야 한다. 이렇게 세계를 선명하게 분별하고 분석하며 결정이 가능한 다른 범주들의 관계로, 특히 이항 대립물의 관계로 이해하는 것이 구조주의로 대표되는 근대의 정신이라면, 이경아의 상상력은 의도 여하와 무관하게 이런 것에서 이미 멀리 벗어나 있다. 그가 보기엔 기호에 불과한 상징도 이미 실물 세계의 물질이며 상징이 실물을 지시한다는 가정은 근대의 순진한 언어 인식에 불과하다. 이 소설집의 제일 마지막에 실린 「봄날」 같은 작품은 작가의 이런 언어관과 세계관을 잘 보여준다. 이 작품에선 선형적linear 시간의 범주들도 마구 무너질 뿐만 아니라, 상징 기호와 실물 사이의 경계도 해체되며, 소설, 시, 드라마 사이의 장르적 규칙들마저도 무시된다. 이 작품은 한편으로는 시처럼 상징으로 가득 찬 소설이며, 다른 한편으로는 플롯마다 무대가 바뀌는 드라마이기도 하다. 도대체 이경아라는 작가에게는 오래된 근대의 이런 범주들이 거추장스러울 뿐이다. 그는 레슬리 피들러L. Fiedler의 구호가 된 표현처럼 "경계를 넘어 간극을 메우며" 삶의 근간에 있는 욕망의 미로로 내려선다. 그곳엔 늘 죽음의 냄새가 나고 절망의 바람이 불며 실패의 예감이 감돈다. 바로 그 공간이 작가 이경아에게는 문제의 상상적 해결로서의 예술이 생겨나는 자리이다. 상상적 해결이야말로 가짜 해결이라는 주장은 상상/현실의 이분법에 갇힌 자들에게서나 나온다. 상상도 현실의 일부이며 현실도 상상의 부분이라는 탈경계적, 탈근대적 상상력 앞에서 그런 주장은 설 자리가 없다. 이경아의 소설은 그런 견고한 근대-꼰대 언어에게 던지는 액체적 질문이자 야유이다.

달아실한국소설 24

붉은 달이 매달린

1판 1쇄 발행	2025년 9월 20일

지은이	이경아
발행인	윤미소
발행처	(주)달아실출판사

책임편집	박제영
편집위원	김선순, 이나래
디자인	전부다
법률자문	김용진, 이종진

주소	강원도 춘천시 춘천로 257, 2층
전화	033-241-7661
팩스	033-241-7662
이메일	dalasilmoongo@naver.com
출판등록	2016년 12월 30일 제494호

ⓒ 이경아, 2025
ISBN : 979-11-7207-069-4 03810

이 책의 일부 또는 전부를 재사용하려면 반드시 저작권자와 (주)달아실출판사 양측의 동의를 얻어야 합니다.

• 잘못된 책은 구입한 곳에서 바꿔드립니다.
• 책값은 뒤표지에 표시되어 있습니다.
• 이 책은 강원특별자치도, 강원문화재단 후원으로 발간되었습니다.